인류가 인류로 남기까지

김래온 장편소설

FOREST
WHALE

차 례

종의 기원

　신은 소원을 들어준다. 그들은 죽음을 바랐는가? 잘 모르겠다. 운이 나빴다, 그리 생각했다. 그저 쓰러졌을 뿐이다. 살아생전 부처를 본 따 만든 석상이. 앞을 분간하기 힘들 정도로 뿌옇게 일었던 먼지는 아직도 가시지 않았다. 발가락 바로 앞에 부처 머리가 나뒹굴었다. 놀라지 않은 건 아니다. 너무 순식간에 일어난 일이었기에 자각이 늦었을 뿐. 현장은 몇십 분 전 거의 정리되었다. 여기서 정리라고 함은 재발 방지를 위해 인파를 해산시켰다고 볼 수 있다. 아직 사람은 남아있었다. 그것들을 이제 사람이라고 부를 수 있을까. 장정 몇백 명은 가볍게 깔아뭉갤 정도로 거대한 부처상 아래 있을 흡사 고깃덩어리들. 아프지는 않았을지도 모르겠다. 나 역시 그 거대한 것이 쓰러진 줄 모르고 몇 분을 멍하게 있었으니. 거대한 돌무더기에 깔리기 직전, 그들이 품었을 감정 또한 모르겠다.

　요즘은 뉴스보다 SNS가 빠르다던가. 그 이유를 오늘 알았다. 해산 명령에도 버티고 있던 사람들이 스마트폰으로 현장을 비추었다. 몇 렌즈는 나를 향해 돌았지만, 이상하게 정신이 무뎌져 멀뚱멀뚱 쳐다만 보다 말았다. 상공에서 커다란 소음과 함께 헬기가 모습을 드러냈다. 촬영용 카메라가 헬기 안에서 현장을 이리저리 담아댔다. 리포터로 보이는 여자 역시 마이크를 들고 현장을 설명했다. 아니, 해댔을 것이다. 이 거리에서는 헬기 소리밖에 들리지 않았다.

곧 이곳은 공사장으로 변했다. 철거를 위해 각종 중장비가 동원되었다. 돌덩이를 파고들기 위해 앞부분을 바꿔 낀 굴착기, 쉼 없이 들어오는 덤프트럭 등. 높은 지위를 가진 듯한 사람이 현장 내부로 걸어들어왔다. 중장비 기사들에게 명령을 내리면서 현장을 빠르게 수습해 나갔다. 억양은 격정적인데 말투는 제법 차분함을 유지했다. 복장처럼 까만 눈동자는 내가 있는 곳에 머물렀다. 어쩌면 초점 안에 나를 가두었는지도 몰랐다. 그는 위험하다는 주변 만류도 뿌리치고 점점 현장 안쪽, 내게로 향했다. 거대한 트럭들이 해체한 돌덩이를 싣고 사라지길 반복하고. 언제 코앞까지 다가왔는지 모를 그가 내 팔을 가볍게 잡았다.

"괜찮으십니까. 타지에서도 구급차가 지원 오고 있으니 조금만 기다려주시길 바랍니다. 그리고 그건…"

형식적인 위로와 함께 곁눈질하며 다른 곳을 응시했다. 가볍게 얼굴을 쓸어내리고 내가 잡고 있던 것에 손을 올렸다. 잘린 팔, 그것은 지금까지 따뜻했으나 부처가 쓰러지며 조금씩 차가워져 갔다. 나는 아들의 죽음을 바랐는가? 아니었다. 그런데 왜 내게 남아있는 건 잘린 작은 팔 한쪽뿐인가. 아아, 짧은 신음이 점차 곡소리로 바뀌어 갈 때, 부처 몸뚱이 일부를 일으켜 세웠다. 사람이라 할 수 없는, 그저 식육점에서 볼 법한 핏물 빼는 고깃덩어리 같은 것만 즐비했다. 부처 머리를 들어 올리자 깔렸던 아들의 일부가 나타났다. 탈색한 노란 머리가 아니었다면 아들인 줄 몰라보았을 테다. 다리에 힘이 풀렸다. 그대로 한탄하기 시작했다. 내가 바랐던 소원은 이런 게 아니라면서 후회하고. 펼쳐진 현장에 내 아들이 피해자임에 비참해하며.

비명이 아주 작게 들렸다. 아들 또래 될 법한 목소리였다. 해체되고 있던 부처 손 아래로 인부들이 몰려들었다.

"아이가 있어요! 여자아이예요!"

깔렸지만 기적처럼 살아있었다. 초등학생 저학년쯤 되어 보였으나 언뜻 보아도 발육은 빠른 아이. 손이 평평하지 않고 둥글게 만들어진 덕에 살아남았다. 주변에는 핏물이 흥건했다. 아이도 양쪽 손에 잘린 팔을 들었다. 체모가 많고 피부색이 진한 팔 한쪽, 훨씬 얇고 가락지가 긴 팔 한쪽. 우리는 각자 잃어버린 가족의 일부분을 잡았다. 그리고 우리를 인지했다. 그 순간에 내 동공은 어땠을까, 저 아이처럼 흔들렸을까. 서로 쳐다보며 현실에 천천히 젖어갔다. 나를 위로하던 남자는 나를 지나 아이에게로 다가갔다. 나는 남은 팔 한쪽을 힘껏 끌어안고 공사판으로 변한 사고 현장 중앙에 남았다. 길고 높은 사이렌 소리와 함께 구급차가 저 멀리서 들어오고 있었다.

문화재를 보면 공부에 도움 될 거라고 억지로 데려오지 않았어야 했다. 우리는 그저 이 비극을 남일로 만들 수 있었다. 어쩌면 이것이야말로 서로 애틋하게 사랑하지 못한 자들에게 내려진 부처의 자비였다. 더욱이 고달파져 얼굴 모든 구멍으로 피를 토해내듯 슬픔을 뱉어냈다. 오늘에 살아남은 둘 뿐인 피해자에게 연민의 시선이 쏟아졌다. 선택할 수 없는 생명을 받아버린 나와 아이는 구급차에 실렸다. 살아도 산 게 아니었다, 특히나 저 아이에게는. 죽어가는 우리는 원치 않던 삶을 이어가기 위해 병원으로 이송되었다. 여전히 아들 팔은 놓아줄 수 없었다.

삶과 죽음은 아주 변덕스러운 부분이 많았다. 누군가에게는 그 어떤 순간보다도 짧고, 다른 누군가는 지루해할 정도로 기니. 나는 부처가 내린 자비를 낭비하며 과거로 회귀하기 시작했다. 좋았던 시절들을 떠올릴 수 있을지언정 앞으로 좋은 시절을 떠올리기란 불가능에 가까웠다. 내가 매달릴 건 과거밖에 없었다. 구급차 침대에 실려 응급실 내부로 들어가기까지, 모든 순간에 수많은 기억 사이에서. 손등에 바늘이 삽관된 다음 하얀 천장만 보고 있으니 비어있던 옆자리에 다른 침대 하나가 들어왔다. 쥐고 있었던, 이제는 뺏겨버린, 아들 팔과 같이 차가운 덩어리가 내 팔에 부딪혔다. 옆으로 눈이 돌아갔다. 그 아이였다. 마찬가지로 부모 것으로 보이는 팔을 뺏기고 링거 바늘을 손등에 달았다.

거품, 아이 입에서 죽어가는 꽃게처럼 일었다. 순식간에 옆자리는 분잡해졌다. 거의 모든 시선이 이리로 쏠린 것은 아마도 한창 좋은 것만 보아야 할 나이대의 아이가 응급실에 실려 와 혼절했기 때문일 테다. 위험한 순간은 넘겼는지, 응급실 의사는 다른 곳으로 달려갔다. 손을 들어 올려 천장을 가렸다. 피가 묻다 못해 완전히 빨갛게 물들었다. 이제 뭘 위해 살아가야 하지, 그런 생각을 했다. 아내가 아들을 출산하며 했던 부탁은 단 하나였다. 잘 돌봐주길 바라. 처음이자 마지막으로 받은 부탁인데, 그 하나마저 지키지 못하게 되었다. 자비가 너무 고통스러워 몸을 뒤틀었다. 짧게 신음하며 눈을 감았다. 차라리 같이 죽여주지.

"아저씨도 이혼하려고 했어요?"

흘려들은 말. 문장 통째로 인식은 되었지만, 인지는 할 수 없었다. 많은 말 중 하나처럼 넘기려는데 옆에서 툭툭 건드렸다.

"아저씨, 아저씨… 아까 쥐고 있던 손 말이에요. 가족 손 맞죠? 저처럼…"

"그만, 그만 말해. 우리 아들 팔 맞으니까. 제발 그만…"

"괴로워요? 저도 그래야 하는데 그렇지가 않아요. 어차피 우리 가족은 마지막을 맞이할 걸 알아서였을까요?"

내일이 오면. 아니, 내일은 올 수 있을까. 도저히 삶에 대한 목적을 찾을 수 없었다. 언제나 높은 곳에서 낮은 곳으로 흐르는 물처럼 살기에는 인간이란 존재는 굴곡점이 많았다. 이대로면 돌고 돌아 시작과 끝이 이어진 물줄기가 되었다가 고여버려 그 끝을 고하겠지.

"우린 혼자 살아남았네요."

아이가 쓰는 어휘는 딱히 고풍스럽지도 않은데 어른이 옆에 있다는 기분이 절로 들었다. 이혼이라는 단어를 곱씹어보면 어른스러울 수밖에 없으리라 싶기도 했다. 아마도 동질감 그런 걸 느꼈는가 보다. 조금씩이지만, 계속해서 말을 걸어왔다. 처음엔 대충 고개를 끄덕이거나 짧게 호응만 했다. 성숙하긴 했어도 아들과 몇 살 차이 나지 않아 보이는 나이대여서 말이 트이면 트일수록 조금씩 정이 붙어갔다. 안타깝다, 불쌍하다 와 같은 말은 숨겼다. 그건 타인의 감정을 고려하지 않은 상태에서 일방적으로 던지는 추파와 같은 것이므로. 담담하게 말하는 아이였지만, 과거를 곱씹으니 울컥하는 목소리와 함께 눈가에 맺힌 눈물은 숨길 수 없었다. 입을 크게 벌리고 눈가를 닦아냈다.

"그렇구나. 부모님이 이혼하기 전 마지막 여행이었단 거지? 이혼하고 나면 맡아줄 사람이 없었던 거고?"

"맞아요. 이혼 단어를 꺼낼 때면 슬퍼요. 근데 엄마랑 아빠가 죽었다는 사실에는 슬프지가 않아요. 저 이상하죠?"

"아직 믿어지지 않아서 그런 거야."

오늘 일에 대한 인과를 묻고 답하다 보니 어느 정도 안정을 찾았다. 아들에 대한 감정은 그대로 가진 채, 살아가야만 하는 이성을 바로 잡았다는 말이다. 아직 목적을 찾은 건 아닌데, 어째서인지 가까운 곳에 목적이 있다고 느껴졌다. 나는 확신을 기다렸다. 스스로 꺼낸 말이 나의 방향을 되찾을 수 있도록. 그러나 아이는 머뭇거렸다. 그럴 수밖에, 우리에게 공통점이라고는 사고 피해자 말고는 없었다. 부처상이 무너지지 않았더라면 우리는 어깨를 스칠 경우조차 없었을 존재였다. 생리식염수가 꾸준히 몸속으로 들어와 팔 부분이 차가워졌다. 나는 다시금 아들의 죽음을 상기했다. 아프진 않았겠지, 아프게 가지 않았더라면 좋겠다.

간호사와 의사가 와서 간단한 것들을 확인했다. 상황을 과장해서 설명한들 현장에서 정신적 충격을 살짝 받았다는 점과 먼지를 많이 마셨다는 점 말고는 특별할 게 없었다. 더욱이 외견상으로도 큰 문제가 없어서 퇴원을 권유받았다. 한 번 발작 비슷한 것을 일으킨 아이는 아직 경과를 지켜보아야 하는 모양이었다. 나는 옷가지를 주섬주섬 챙겼다. 현장에서부터 들고 있던 팔을 찾아보려고 했지만, 이미 병원 측에서 처리했는지 감쪽같이 사라졌다. 여전히 다리에는 힘이 풀려있었다. 삶의 방향이 희미하게 보이려는데, 확신을 주지 않아서. 침대보를 잡고 일어났다. 아닌가 보다. 마음을 접고 일어났다.

"같이 이야기 나눌 수 있어서 좋았어."

아이가 떠나려는 내 옷깃을 붙잡았다. 한순간에 늘어날 정도로 옷이 처졌다.

"저도 데려가 주실 수 있어요? 어차피 제가 갈 곳은 이제 보육원밖에 없어요. 가족이라는 걸 느껴봐서 혼자 지내게 되어야 한다면 괴로울 거 같아요…"

"그렇구나. 내 이름은 황보 현이야."

"그럼 제 이름도 황서아가 되겠네요."

"아니, 바꾼다 하면 황보서아가 될 거야."

죽음은 제멋대로여서 방금까지만 해도 나를 괴롭혀댔는데, 이제는 그러지 못했다. 삶이 내게 찾아와준 덕분이었다. 이것이 황보 현으로서의 첫 번째 윤회라고 생각했다.

입양 절차는 따로 밟기로 하고 우선 집으로 돌아가기 위해 아이를 부축했다. 병원 바깥에서는 이번 사고와 관련되어 호기심 많은 사람이 모여든 지 오래였다. 날카로운 펜촉은 무언가를 계속 써갔고, 카메라는 언제라도 사고 관련자를 찍기 위해 시뻘건 불빛을 점멸하며 상대를 찾아 나섰다. 텔레비전에서 자주 보는 로고 스티커가 붙은 마이크를 이 사람 저 사람 할 것 없이 휘둘렀다. 조용히 잊힐 권리, 그런 건 우리에게 존재하지 않았다. 매스컴 1면을 장식하는 게 우리가 바라지 않는 의무에 해당했다. 응급실 문이 열리면 그것들이 사납게 달려들어 기록을 남기려다, 우리가 아닌 걸 알고 멈추었다. 문이 닫히는 순간까지도 눈동자를 이리저리 굴려대는 것이 굶어 죽어가는 들개 여러 마리처럼 보였다. 우리에게 풍기는 피 냄새를 숨기고자 돌아다니는 카트에서 소독솜을 꺼내 손이며 팔이며 문댔다. 아들은, 아이 부모는, 그렇게 지워져 갔다.

간호사에게 사람이 없는 출입구가 따로 존재하는지 물었다. 간호사는 바닥에 파란 선을 따라 응급실 약국을 지나 계단을 오르라 조언했다. 그러면 로비가 나올 것이라며, 작은 위로도 함께 건넸다. 간호사 대부분이 나와 아이에게 일어난 일을 알아차린 셈 싶었다. 짧지 않은 시간 병원에 누워있었고, 기자가 몰릴 정도면 속보로 떴을 게 분명했다. 바로 앞에서 일어난 죽음들을 보고 자신을 제대로 추스르지 못해 움직이기 어려워하는 아이를 억지로 부축했다. 파란 선, 파란. 저 멀리 응급실 출입문과 반대편 방향에서부터 파란 선이 시작했다. 정해진 길을 따라 걸어가다 혼미한 응급실 입구에서 누군가 외쳤다. 저기 있어, 하고 우리를 손가락질하며. 등에 맺히는 게 땀인지, 아이 눈물과 콧물인지 구별할 차례도 없이 로비로 뛰어나갔다.

로비 입구에 커다란 텔레비전이 놓였는데, 그 앞 역시 인파가 주를 이루었다. 벗어나긴 글렀어, 그런 생각이 들었다. 걱정과 달리 그들은 살아남은 자들이 이 병원에 있음을 궁금해하지 않았다. 텔레비전 방송에서 나오고 있는, 무너진 불상 현장에 신경을 몰두했다. 굵은 궁서체 글씨의 속보라는 단어. 문화재가 인명 피해를 일으켰음을 주제로 다루다가 빨간 글씨와 함께 생존자라는 단어를 송출했다. 한순간에 주제는 새로이 발견한 세 번째 생존자를 향했다.

하늘에서 바라본 현장은 처참했다. 죽음이 난무하는 허허벌판의 흩뿌려진 돌무더기 사이에서 생명을 찾아냈다. 방송 헬기 위치에서는 마이크가 닿지 않을 거리 임에도 들렸다. 선택받은 생명의 날뛰는 심장 소리가. 양쪽 다리가 돌덩이에 깔려 상반신만 바둥거렸다. 주변 구급대원의 응급 처치와 함께 살아남은 자는 구급차로 달려가며 앵글에서 멀어졌다.

"엄마, 부처는 나쁜 사람이야? 왜 자기를 보러 온 사람들을 깔아뭉개?"

수납처에서 수납 중인 엄마에게 한 아이가 물었다. 나는 아이와 급하게 빠져나가느라 답을 듣지 못했다. 어떤 답을 들었을지 궁금했다. 그 답을 듣고 나서 그 아이가 당장 떠올리게 될 생각도, 살아가며 평생 아이를 따라다닐 관념도. 택시를 잡아타는 데 구급차 하나가 요란스레 지하에 있는 응급실을 향해 들어갔다. 기자들이 몰려드는 걸 봐서는 세 번째 생존자였을 거다. 병원을 떠나며, 사고 현장을 스쳐 가며, 나는 하늘을 보았다. 신원미상 남자까지, 우리 셋은 모두 타의적으로 변했는데, 그 외의 것들은 그대로였다. 아이는 소리 죽여 울었다. 괜찮다고 위로하면서도 아들 생각에 아이처럼 울고 싶어졌다.

시외 할증이 붙지 않는 시내 변두리에서 내렸다. 근처에 정류장이 보이길래 세워달라고 요청했다. 무척 낡은 표지판. 곳곳에 녹이 슬었고, 녹색 페인트는 벗겨졌다. 글씨도 몇 부분은 지워져 흐릿하게 보였다. 그러나 분명 우리 지역 이름을 종점으로 찍어놓았다. 우리는 침묵하고 한참을 기다렸다. 생전 남이었고, 앞으로도 남이었을 테지만, 운명의 고약한 장난 덕에 이루어진 인연인 만큼 처음부터 자연스럽지는 못했다. 마침내 표지판처럼 다 낡은 버스가 우리 앞에 멈춰 섰다. 앞창 네온사인에 우리 목적지가 또렷하게 띄워졌다. 앞서 올라탄 아이는 2인석 창가에 먼저 앉았다. 나는 비어있는 옆자리로 가서 앉아 무릎을 모았다.

"무슨 생각 하고 있니?"

창틀에 턱을 괴고 바깥 풍경에 넋 놓고 있는 아이에게 물었다. 대답은 들을 수 없었다. 때아닌 비둘기가 푸드덕 날아올라

버스 주변을 따라왔다. 돌아가는 길은 알고 있으니까, 무뎌지지만 않으면 돼, 그 어느 순간에도.

아이에게는 처음이었기에 집 구조를 소개했다. 현관문을 열고 들어오면 정면에는 약 봉투가 많이 쌓인 큰 식탁 겸 책상이 있었다. 4인용으로 샀지만, 부엌과 서재 사이 작은 벽에 맞대어 놓아서 의자는 세 개만 꽂혔다. 부엌 벽면에는 밥솥이나 전자레인지 같은 것들을 배치했다. 그리고 부엌과 서재 반대편에는 내 방과 아들 방. 한창 소개를 하고 있는데 아이가 하필이면 아들 방문을 잡았다. 저항 없이 열리는 문, 그곳에 있는 아들의 속살이 드러났다. 안 돼. 단호한 말과 함께 문을 힘껏 잡아당겼다. 아이는 놀라 움찔거리더니 뒤로 물러섰다.

"미안, 놀랐지. 저긴 아들이 쓰던 방이야. 아직 아무것도 정리되지 않아서 당분간은 건들지 않았으면 좋겠어."

나는 서재 방문을 열었다. 서재라고는 했지만, 머리를 식히기 위해 만든 방이었다. 방 전체를 둥글게 어항이 둘러싸고 다양한 물고기가 돌아다녔다. 그 중간에 침대도 있었다. 가끔 복잡한 마음이 들 때면 누워서 호흡했다. 여과기가 없으면 금방 죽어버릴 것들과 함께. 여과기 소리는 제법 시끄러운 축에 들었다. 만약 아이가 예민하다면 이 방에서는 잠들기 어려울 테다. 나는 내 방도 열었다. 혹시나 아들이 악몽을 꾸거나 같이 자길 원할 때를 생각해 방 하나를 가득 채울 정도로 넓은 침대를 샀다. 장롱 하나, 텔레비전 하나, 더블 침대 하나가 전부인 방이지만. 아이에게 두 방을 소개해 주고 물었다.

"아무래도 성별이 다르다 보니까 따로 자는 게 좋을 거 같은 데 어느 방을 쓰고 싶어?"

아이는 조용히 서재를 가리켰다.

"괜찮다면 저 방에서 지내도 될까요?"

"그래. 다만 그 방은 물고기 사료도 줘야 해서 조금 번잡할 수 있어. 혹시나 방에서 지내다가 어려운 일 있으면 언제든 말해."

가족이라기에는 멀고 물고기보다는 가까운 동거를 시작했다. 텔레비전을 틀자 오늘 사고가 연이어 매스컴을 탔다. 단순한 뉴스거리로 취급받지 않았다. 예능 방송은 사고 유가족을 위로한다는 문구를 화면 하단에 띄웠다. 스포츠 방송도 마찬가지. 아예 한 프로그램에서는 당일 주제를 바꾸려는 시도까지 보였다. 하지만 토론자들이 준비해 온 자료들이 있었을 터, 원 주제로 하되 다음 주 빠른 특집으로 오늘 사고를 다루기로 정해졌다. 사회자는 말했다.

"오늘 일어난 사고에 우리 프로그램에서는 심심한 위로를 보냅니다. 다음 주에는 문화재, 우리를 위협하다를 주제로 여러분과 함께 만나겠습니다."

뉴스에서는 무너진 돌석상을 치우고 벌겋게 드러난 대지를 비추었다. 피로 이루어진 땅. 그건 한국 전쟁 이후로 없을 일일 줄 알았건만, 백여 년이 다 가는 지금, 다시금 모습을 드러냈다. 뉴스는 SNS에 게시된 동영상도 인용해 왔다. 잘린 팔을 들고 허무하게 선 낯선 내 뒷모습과 얼굴이 흐릿하게 찍힌 아이의 첫 발견 장면이 그대로 담겼다. 우리가 구급차에 실려 가는 순간까지 영상은 놓치지 않았다.

집에서 생활할 때는 방문을 활짝 열었다. 덕분에 아이가 내 방으로 걸어오는 모습을 단박에 알아볼 수 있었다. 비어있는 침대 옆부분에 걸터앉으니 내게 절로 정수리를 드러냈다. 아들이 떠올랐다. 놀아달라고 텔레비전을 보는 나를 방해할 때와 닮았다. 순간적으로 아이를 안아버렸다. 오늘 처음 만난 사이인데도. 우리의 미묘한 관계는 포옹을 단순히 가족끼리 하는 포옹으로 받아들일 수 없을지도 몰랐다. 당황해 손을 빼려는데 아이가 내 허리를 마찬가지로 감쌌다.

"아빠가 마지막으로 포옹해준 게 엊그제예요. 무서운 꿈을 꿨다고 했거든요. 이제 같은 사람에게는 포옹을 바랄 수 없어요. 안아주세요. 혼자가 아니도록."

자녀 앞에서 하는 이혼 이야기는 아이를 우울에 취약하도록 만든다. 그런 상태에서 겨우 준비되었을 헤어짐을 사고로 갑작스레 잃어버렸으니, 감정을 감히 짐작하기 어려웠다. 품은 따뜻했다.

변한 현실을 받아들이기 위해서는 며칠 정도가 걸렸다. 그동안 아이에게 필요할 것들을 샀다. 취향을 알 터 없었으니, 아이와 함께 골랐다. 집에서 입을 곰이 그려진 잠옷부터 시작했다. 따로 챙겨온 옷가지 역시 없었기에 일단은 여름 계절 옷을 위주로 구매했다. 매일 갈아입어야 할 속옷도 여러 장 고르고. 혹시나 따로 쓰는 로션 같은 화장품이 있나 싶어 그런 매장까지 돌았다. 고른 옷들은 대체로 노란색을 띄웠다. 노란색, 아들도 노란색을 좋아했다. 남아 매장에서 아들과 돌던 때가 떠올라 고개를 절레절레 흔들었다. 아이가 앙증맞은 손으로 내 손을 마주 잡고 이리저리로 이끌었다. 카트에 담긴 무취 무향 옷가지들에 아이 체취가 배면 더는 입지 못할 정도로 작을 테다. 집에 있는 옷에서도 아들 체취가 남기 시작한 게 몇 있으니까. 그러나 대부분 얼마 전 새로 사서 새것 냄새가 그대로 남은 게 많았다. 빨래 더미와 섞을 수도 없이, 그 상태로 남겨두어야겠다고, 그 당시 기억과 함께 묻어두겠다고 다짐하며 마트에서 나왔다.

아이는 우리 집에서 사고 현장을 질러 한참을 가다 보면 자신이 살던 집이 나온다고 말했다.

"넓지는 않지만, 많은 게 있어요. 그리고 그중에서 찾고 싶은 것도 있고요. 아빠, 같이 가주시면 안 될까요?"

차량 트렁크에 짐을 싣는 내게 아이는 조심스레 물었다. 무엇을 찾고 싶은지는 묻지 않았다. 모든 걸 알아야 할 것 같은 관계에서도 비밀은 존재해야 하니까. 비밀을 존중하는 건 처음부터 맺어진 가족 관계에서도 중요했다.

네비게이션이 안내하는 길을 따라 아이 집을 찾아갔다. 고속도로를 속도감 있게 달리는 와중 미상의 전화가 걸려 왔다. 010 뒤 이어지는 숫자 배열은 처음 보았다. 핸들 옆 통화 버튼을 누르자 전화를 걸어온 사람이 목을 가다듬고 시작부터 내 이름을 되물었다. 이어서 전화를 건 목적을 말했다.

"자녀분 시체를 수습했습니다. 상태가 너무 좋지 않아 곧바로 근처 장례식장으로 인계했습니다. 장례식장은…"

핸들 잡은 손에 힘이 꽉 들어갔다. 아이가 뒤에서 무섭다고 보챘다. 정신을 차리고 보니 속도를 한계까지 밟아 150km/h까지 도달했다. 주변 차들이 속도를 늦춰 뒤처지는 줄 알았건만, 반대로 내가 미친 듯이 달렸다. 다른 차들과 비슷하게 달리기 시작하자, 아이가 크게 숨을 내쉬며 호흡을 골랐다. 아직 끊어지지 않은 전화에 대고 아이가 물었다. 자기 부모 시체는 찾았냐는 말을.

"네, 부처 손 조각 주변에서 바로 찾았습니다. 성인이어서 쉽게 신원 확인이 되었지만, 누구에게도 연락되지 않아서 기다리고 있었습니다. 자녀분 되십니까?"

운전에 신경을 몰두하는 것처럼 행동하고, 그래서 시각에 모든 힘을 쏟았다는 착각마저 들었다. 사실은 청각에 모든 신경을 집중했다는 사실을 자신에게조차 숨긴 채.

"아빠, 집에 들렀다가 장례식장으로 바로 갈 수 있을까요?"

가볍게 고개를 끄덕이고 얼마 남지 않은 경로를 따라 악셀을 밟았다.

아이가 집이라고 검색했던 아파트는 제법 작았다. 멀리서 보기에 5층 정도 낮게 이루어졌다. 네비게이션에 검색한 이름은 분명 아파트라는 명칭을 달고 있었는데, 가까이서 보니 빌라와 다를 바 없었다. 차량에서 내린 아이가 먼저 걸어 올라갔다. 나는 시동을 끄고 뒤따라 올라갔다. 엘리베이터가 없어 계단으로 올라간 2층, 복도식 구조에서 오른쪽 가장 끝 집 문을 열었다.

문을 여는 순간 달콤한 향기가 자욱하게 퍼졌다. 생각해 보면 장미를 닮은 향이었다. 넓지 않은 집, 남자 둘이 살던 우리 집보다도 작을 정도였으니 세 사람이 지냈으리란 사실을 감히 인정하기 어려웠다. 문을 열자마자 우리 집 내 방만한 크기의 거실이 반겼다. 왼쪽을 보니 거실 겸 부엌인지 가스레인지를 포함해 냉장고와 싱크대 같은 것들이 함께 붙어 있었다. 정면에 방 2개, 오른쪽에 화장실로 보이는 공간 하나가 전부였다. 베란다가 어디 있을지 찾아보니 다른 것보다 살짝 큰 오른쪽 방에 문이 하나 달려있었다. 아이는 비교했을 때 비교적 작은 방으로 들어가서는 무언가를 찾기 시작했다.

작은 방에는 어울리지 않게 큰 농이 하나 존재했다. 장롱문을 열면 방문을 여닫을 필요가 없을 정도였다. 나는 섣부르지 않게 남은 방을 살폈다. 비록 이제는 주인을 잃은 집일지라도 그 흔적이 남아있었기에 조심스레 다루었다. 펼쳐진 공간에는 먼지가 제법 많이 쌓였다. 서랍 위쪽에 눈으로도 충분히 보였지만, 손가락으로 직접 쓸어보았다. 손가락은 잿빛 먼지로 덮였다. 단순히 며칠을 비웠다고 해서 쌓일 정도가 아니었다. 한 달 가까이 비워도 이 정도가 쌓일지 의문이 들었다. 추측건대 이혼과 양육권을 두고 싸우며 집을 비운 게 아닌가 싶었다. 하지만 이런 추측은 도움을 주지 않았다. 오히려 아이에 관한 나쁜 편견만 만들어내고, 멋대로 판단하게 만들었다. 찾았다는 말과 함께 아이가 내게 용지 하나를 들어 보였다. 기업 로고가 쓰인 인화지였다. 아이는 추임새와 함께 인화지를 반대로 돌렸다. 사진이었다.

오늘보다 조금 더 어린아이, 서아와 부모로 보이는 남자와 여자가 거대한 대관람차를 배경으로 함께 나왔다. 모두 해맑게 웃으며 정면을 바라보았다. 긴장한 기색 없이 모두가 자신에게 가장 잘 어울리는 표정을 지었다. 이를테면 아이 아빠일 남자는 아이 엄마일 여자 손을 마주 잡고 멀리 떨어진 팔로 크게 반쪽 하트를 그렸다. 여자 역시 남자처럼 멀리 있는 팔을 들어 크게 반쪽 하트를 그렸고, 두 사람이 만든 하트 아래 아이가 있었다. 이혼, 헤어짐, 그런 것이 포함하는 정의 따위는 전혀 느낄 수 없는 분위기를 가졌다.

"또 필요한 거 있으면 챙겨. 일상으로 돌아가면 당분간 오기 어려울 거야."

"다 챙겼어요. 이것만 있으면 돼요. 장례식 때 걸 사진이 필요했을 뿐이에요."

말은 그렇게 했지만, 볼은 더 심하게 붉혔다. 섣부른 위로는 도움이 되지 않는다는 걸 알기에, 가볍게 머리만 쓸어주고 먼저 자리를 비켜주었다. 차량 한쪽에 기대어 아파트를 바라보았다. 희망 아파트, 그러나 이름에 걸맞은 희망을 느낄 수 없었다. 오히려 이곳을 떠나기보다는 아이가 이곳에 있어야만 할 거 같았다. 내려오면 다시 이야기해 보기로 했다. 비록 삶의 목적을 상실하고 비틀거릴지라도.

기다리고 있으니 다시금 미상 번호로 전화가 걸려 왔다. 이번에는 지역 번호를 달았다. 전화를 받으니 장례식장 홍보 문구가 연결음으로 들렸다. 이런저런 이야기를 하며 절차를 설명하면서도 그들은 비용을 잊지 않고 이야기했다. 비용은 얼마든지 있으니까, 제대로 준비해 주세요. 이어서 말했다. 곧 갈 거예요. 전화를 끊고 시간을 확인했다. 내려온 지 몇십 분은 지난 거 같은데 아직도 아이는 내려오지 않았다. 추억에 잠겨 있는 걸까. 나도 무어라 할 말은 없었다. 아들 방을 아직도 치우지 못하고 있으니까. 우당탕, 얼핏 소리가 들렸다. 소리가 난 방향으로 자연스레 고개가 돌아갔다. 내가 내려왔던 2층에서 났다. 이상한 기분에 다른 고민 없이 곧장 2층 아이 집으로 뛰어갔다.

"돈이 없어도 괜찮다고 했잖아요… 한 번 가족은 영원한 가족이라고 했잖아요…"

아이가, 서아가 주저앉아서 울고 있었다. 바닥에 흩뿌려진 과거를 간직한 사진들. 행복한 시절만 담겼다. 완전한 행복이 머물던 과거를 당연하게 넘겼던 우리로서는 절규하며 괴로워해도 모자랐다. 행복을 좀먹는 존재들. 그러나 아이가 깨달은 순간은 너무도 이른 순간이었다. 언제나 웃고 있는 사진 속 서아는 현실에 홀로 남겨진 아이와 대비되었다. 하지만 사고를 되돌린다고 해도, 없었던 일로 친다고 해도 우리는 똑같이 무지할 것이다. 행복에 만족하지 못하고, 아니, 애초에 행복을 인지하지 못하고 무뎌져서는 하루하루를 버리고 살아갈 테니까. 아이는 과거가 살아 움직이는 CD나 영상 기기까지 모조리 엎었다. 무슨 말을 해야 했을까. 내가 가장 듣고 싶은 말을 해주기로 하고 다가갔다.

"괜찮지 않아. 모든 게 끝인 거 같아. 살아가야 할 의미가 없다고 생각했어. 하지만 널 만나서, 그래서 살아가기로 했어."

처음 우리가 안았을 때와는 다른 따뜻함이 분위기를 물들였다. 흐느낌은 이내 잦아들었다. 가족사진, 그 외에 몇 장을 더 챙겨서 차량으로 돌아갔다. 집 문을 닫는 순간까지 어떠한 방식으로도 슬픔을 달래줄 방법을 찾지 못했다.

곧장 장례식장으로 달려가는데 아이가 주머니에서 무언가를 꺼냈다. 조수석에서 펼쳐 보인 그것은 통장처럼 보였다. 많지는 않지만, 적다고도 할 수 없는 돈이 찍혔다.

"이 정도면 엄마랑 아빠 장례식도 할 수 있고, 생활비에 보탤 수 있겠죠?"

"생활비 걱정은 하지 마. 넌 네 일상으로 돌아가면 돼. 생활비는 내가 해결할 테니까."

어느덧 안내받았던 장례식장 앞에 도착했다. 주차장 빈 곳에 차량을 대고 로비로 향하니 상복을 입은 한 남자가 다가왔다. 익숙한 목소리, 전화로 이야기를 주고받았던 남자였다. 설명들은 대로 장례식을 준비했다. 스마트폰 사진첩으로 들어가 아들 사진을 찾아보았다. 영정 사진으로 쓰일 사진이라 신중하게 골랐다. 사진첩 속 사진을 내리면 내릴수록 나오는, 추억 속 아들 사진에 아래로 내리는 손가락이 점점 느려졌다. 마침내 한 사진을 골랐다. 유치원 졸업 사진으로 학사모처럼 생긴 초록색 모자와 금빛 띠가 어깨선을 타고 내려오는 정갈한 복장을 갖추었다. 아들의 마무리를 가장 완벽했던 순간으로 꾸며주고 싶었다. 장례식을 하더라도 부를 사람은 없었다. 조용히 묻혀가길 바랐다.

그러나 아이 쪽은 나와 달랐다. 순탄하지 않았다. 혼자 살아 남았다는 걸 알게 된 장례 직원이 계속해서 비싼 값의 절차만 불러대는 것이었다. 내가 임시 보호자라는 말을 꺼내기 전까지 그들은 계속 아이를 회유해댔다. 아이 역시 나와 비슷하게 장례를 진행하게 되었다. 유골은 태워서 여러 방법으로 처리할 수 있다며 팸플릿을 보여주는데 그중에서 눈에 띈 건 유골로 만든 보석이었다. 시간은 제법 걸리지만, 유골을 살아가면서 가까이서 보관하려는 이들에게 추천하는 방식이라고 설명했다. 나는 보석이 마음에 들었다. 아이는 고민하다가 따로 처리하겠다며 유골함을 받아 가는 방식을 골랐다. 우리는 이제 각자의 장례식을 준비해야 했다. 아이 쪽 영정 사진은 집에서 골라왔던 사진 중 놀이공원에서 찍었던 단체 사진을 사용하기로 정해졌다. 우리는 벽 하나를 사이에 둔 채 비슷하지만 서로 다른 죽음을 마무리 짓기 위해 남았다.

새벽이 다가왔다. 그 시간의 장례식장은 정신 사나울 정도로 시끄러웠지만, 정작 우리 빈소는 고요했다. 아등바등 살기 위해 노력한 결과가 빈 빈소라니, 우스울 지경이었다. 조금씩 지워지는 기억 속, 얼굴 형체가 사라질 때면 빈소 중앙을 뚫어지게 바라보았다. 죽음은 전혀 자신의 이야기가 아니었어야 할, 머나먼 정의를 일찍부터 겪어버린 아이 얼굴이 중앙에 걸렸다. 다른 빈소 사람 몇몇이 국화꽃을 두고 가준 덕분에 영정 사진

앞은 초라하게 비어있지 않았다. 사람들은 대부분 아들이 꽃을 쉽게 받을 수 있도록 줄기를 영정으로 향하게 두었다. 나는 국화꽃 하나를 빼다가 꽃향기라도 맡을 수 있도록 꽃송이를 영정을 향해 놓았다. 검은 두 줄의 완장이 무겁게 느껴져 팔을 자유자재로 움직일 수 없었다. 접견실 식탁 몇 군데는 일회용 그릇들이 어질러진 채 널렸다. 그게 다였다. 시간의 무게를 머리로 받으며 억지로 버텼다. 사실 이건 꿈일지도 모른다고, 깊은 악몽을 꾸었다고 생각했다. 하지만 아이의 죽음은 현실이었기에, 나는 그저 헛된 꿈을 꾸었다.

아들 빈소를 비우는 건 도리에 맞지 않는다고 생각해 자리를 계속 지켰으나, 아이 혼자 맡은 장례식은 잘 진행되고 있는지 궁금해졌다. 겨우 벽 하나에 가로막혀 서로가 무엇을 하는지 알 수 없다니. 화장실이 바깥에 있다는 사실을 알아차렸다. 잠깐 바람을 쐴 겸, 화장실도 들를 겸 해서 바깥 복도로 나왔다. 마찬가지로 아이 부모 빈소 역시 사람이 없다시피 했다. 부고 소식을 전달할 방법이 없었으니 당연했을지도. 그나마 소식을 듣고 찾아온 사람들 몇이 있었는지 국화꽃이 어느 정도 쌓였다. 혹시 아들 빈소를 찾아올 사람이 있을까 싶어 들어가지는 못하고 눈치만 보고 있으니, 아이가 직접 나왔다. 지친 기색이 역력했다. 몸은 움츠러들었고 눈꺼풀에 힘이 없어보였다.

"장례식이라는 건 왜 하는 걸까요. 이미 죽은 사람은 장례식을 보지 못하잖아요. 오히려 이런 행위가 저를 죽여가요."

"이런 문화가 살아있는 사람들을 위로하는 거니까. 떠나보낼 마음을 준비할 수 있으니 하는 게 아닐까."

아이 말을 듣고 나니 죽은 이들을 위해 통곡하는 일은 정말 그들을 위한 일인지, 영혼이 없어진 시신들을 농락하는 건 아닌지 의문이 들었다. 우리는 언제부터 장례라는 문화를 시작한 걸까. 답은 정하지 못한 채로, 두 번째 날을 지나 장례 마지막 날을 맞이하고 있었다. 삶과 죽음의 경계선, 그곳에 우리는 섰다. 아침이 온다. 눈을 뜨고 숨을 쉬어. 새벽과 아침 사이의 차가운 대기가 잠들어가는 우리를 깨웠다.

화장을 위해 관을 차량으로 옮겼다. 아들에게 가족이라고는 내가 유일했지만, 저승에서 비교되지 않았으면 하는 마음으로 버스를 대절 했다. 큰 차량, 서른 석 정도 되는 좌석에서 나와 버스 기사만 유일하게 앉았다. 생각하던 끝에 막 타려는 장례식장 직원에게 물었다. 아이도 같이 탈 수 있냐고. 어차피 나와 같은 일정이라 상관없을 거 같았다. 원칙, 그런 단어를 듣긴 했지만, 불가능한 건 아니었다. 아이는 고민하던 끝에 동승했다. 버스 운전기사 뒤편에 아이가, 나는 출입문 뒤편 좌석에 앉았다. 각자 서로가 사랑하는 과거 사진을 들고 화장터로 향했다.

뜨거운 햇살, 하늘이 맑아질수록 상복은 빛을 머금어 짙어가는 흑색이 되었다. 운구 행렬, 그러나 혼자뿐인 줄에서 아들 영정 사진을 들었다. 끝없이 펼쳐질 것만 같은 길. 아들의 영혼이 깃들었기에, 오늘에 영정 사진은 너무도 무거웠다. 화장터에서는 역시나 누구를 위해 슬퍼하는지 모를 소리가 들렸다. 죽은 자에 대한 동정이거나, 남겨진 자기 처지에 대한 비관이거나.

영정 사진을 끌어안았다. 평화로운 일상. 꽃내음이 느껴질 화단으로 꾸며진 거리, 선선한 바람에 흔들려 호흡하는 잎사귀, 뜨거움을 흡수해 타오르는 아스팔트. 그 사이를 거느리는 수많은 사람. 마찬가지로 언젠가 마주한 끝에서 모두 슬퍼하고 있었다. 우리는 이름과 생년월일이 뜨는 전광판을 보며 화장이 끝나길 기다렸다.

아들 시신은 불더미에 빠져들어 천천히 타들어 갔다. 전광판에 보이는 화장의 진행 상태. 핏덩이 그 자체가 되어버린 형체 잃은 아들은 끝내 무언의 가루로 변했다. 만물의 정점이라는 인간도 한낱 회색 잿가루에 불과한 존재였다. 아이 부모 시체도 화장이 시작되었다. 아이는 생각보다 고통스러운지 긴 생머리를 힘껏 붙잡았다. 아들처럼 너무도 빨리 형체를 잃어버리는 부모. 누군가의 자식이었고, 이제는 한 아이 부모였던 잿가루는 나무 상자에 옮겨졌다. 대단할 줄 알았던 인간의 끝맺음은 허망하게 보였다. 다시 살아가야만 하던 우리는 버스에 몸을 실었다. 아들 유골은 일단 사찰에 봉안하기로 정했다. 이윽고 49재가 끝나면 보석으로 가공할 것이어서 받을 집 주소를 함께 적어 장례지도사에게 맡겼다. 아이는 수목장을 선택했는지, 유골함을 들고 다음 장소로 이동한다는 말을 들었다. 나도 따라가기로 했다.

상자를 나무 아래 넣어 봉하는 그 순간까지도 생각했다. 죽은 이의 끝맺음은 결국 살아있는 사람이 하는 거였구나. 아이는 괴로워했다. 이 모든 절차에 대해, 죽은 이를 죽은 채 두지 못하고 형체마저 죽여야 한다는 사실에.

"장례라는 건 힘든 거네요. 차라리 죽었으면 죽은 대로 삭아 가는 짐승의 삶은 어떨까 생각해요."

"두렵구나. 일상으로 돌아가지 못하고 떠돌까 봐."

"인간이라는 건 어려워요. 왜 제게 이런 일이…"

장례 절차를 마칠 무렵에는 하늘이 비상한 죽음을 안타까워 하듯 유골함을 묻은 나무에 햇빛을 잔뜩 내렸다. 여전히 우리 에게는 파편처럼 아플 뿐이었지만, 나무 아래 묻힌 자들에게는 축복이었기를 바랐다. 우리는 하늘이 안타까워한 죽음을 감히 받들어야 했다. 나무 위에 장례지도사가 만들어 준 푯말을 걸 고 우리는 일상으로 밀려났다.

집으로 돌아오니 며칠 전 방송하던 토론회에서 불상 사고를 주제로 토론을 열었다. 토론자로는 문화재 보존원 한 명과 문 화재과 교수 한 명이 나왔고, 반대 의견 측에서는 피해 유가족 한 명, 그리고 우리처럼 살아남은 세 번째 생존자까지 총 네 명 이 토론을 진행했다. 세 번째 생존자는 깔렸던 다리를 살리지 못하고 절단했는지 휠체어를 탔다. 체구가 제법 작았다. 그 덕 에 살아남았을지도. 유가족과 생존자는 각각 검은 마스크를 써 서 얼굴을 알아볼 수 없었다.

"문화란 인류 그 자체입니다. 어떤 말로도 대체 불가능한 것 이죠. 이러한 존재를 단순히, 그것도 단 한 번, 인명 피해를 일 으켰다는 이유만으로 전부 없애버리자는 건 어폐에 맞지 않는 겁니다."

문화재과 교수라는 이름표가 걸린 남자가 발언을 끝내자 곧바로 유가족이 말을 이었다. 언제부터 만들었는지, 사진 자료 비슷한 것을 들어 보였다.

　"문화를 형상화한 문화재가 사람을 혜쳐서야 되겠습니까? 불상이 아니더라도 문화재 때문에 문제가 생긴 게 한두 번이 아닙니다. 제가 정리해 온 자료를 보십시오."

　카메라가 자료를 자세하게 비추자, 그것이 무엇을 조사해 온 것임을 알 수 있었다. 몇 년 전 숭례문 화재와 수원화성 자동차 추돌 사고와 같은 것들과 그에 따라 발생한 비용을 전부 정리해 놓았다. 그걸로도 모자라서 얼마 전 불상 사고 이후 사망자와 국가 신뢰도 따위도 빨간색 펜으로 굵게 썼다.

　"문화재, 문화, 이런 게 지금 살아있는 사람보다 중요하게 여겨지고 있으니 많은 돈이 허비되고 있습니다. 이 돈이면 복지를 살리고, 출산율을 높일 수도 있을 정도입니다. 한국이 소멸하게 생겼다는데 그깟 과거 문화에 목매달려 있으면 발전이라는 게 됩니까?"

　"문화를 없애버리면 우리가 짐승과 다를 바가 뭡니까? 아니죠, 심지어 짐승마저도 저만의 문화가 존재합니다. 문화라는 것은 없앨 수 없는 겁니다."

　문화재 보존원이 억양을 높이며 말하자 분위기가 달아올랐다. 그 잘난 문화재 때문에 죽을 고비를 넘긴 생존자가 주먹을 부릅 쥐는 모습이 포착되었다. 유가족과 문화재 관련자들이 개판으로 말싸움을 이어갔다. 촬영장 분위기를 정돈하고자 사회자가 제지하려던 중 생존자가 주먹으로 책상을 쿵 내리쳤다. 토론을 듣고 있던 방청객은 물론이고 사회자, 문화재 관련자들, 유가족을 포함해 텔레비전 너머로 보던 나까지 놀랐다. 카메라 감독도 놀랐는지 순간 앵글이 위아래로 가볍게 흔들렸다.

"발굴 비용을 전부 땅 주인에게 떠넘기는 등 책임이란 책임은 다 미뤄놓고 문화재는 중요하다는 건가요? 인구가 늘어가고 있는데 그 종묘라는 죽은 이들 무덤 때문에 살 곳도 제대로 짓지 못하고 있지 않습니까! 얼마 전에는 박물관 짓겠다고 산을 싹 다 밀어서 동물들도 쫓겨나고! 그게 정말 미래지향적인 행동입니까? 제게는 단순히 인류의 부를 과시하는 행동으로밖에 보이지 않습니다!"

순식간에 촬영장은 아수라장이 되었다. 나는 다른 방송으로 돌렸다. 그냥 그런 방송들. 정해놓은 마음 없이 돌리고 있으니 그저 바다를 표류하는 생수병처럼 떠다니기만 할 뿐이었다. 아이는 지쳤는지 내 허벅지에 기대어 잠들었다. 곤히 자는 모습이 귀엽다는 생각이 들던 찰나, 바깥에서 쿵, 하고 큰 소리가 났다. 얼마 전부터 집 주변에 시공 작업을 들어갔다. 거대한 타워를 쌓아 올리는데, 대기업 두 곳이 합작했다. 장례식과는 다른 귀를 찢는 시끄러움에 아이가 잠에서 깨고 말았다. 나는 아이를 서재 방으로 데려가서는 어항 근처에 있는 귀마개를 꺼냈다. 가끔 여과기가 시끄럽게 울 때 쓰려고 사 두었다. 아이를 다시 재우고 내 방으로 돌아왔다. 창문 너머로 거대한 중장비가 왔다 갔다 분주했다, 마치 그날처럼. 이곳에 큰 타워가 세워지면 그것 역시 먼 훗날 문화재로 남을 테다. 최근 우리가 짓는 건물들은 죄다 높기만 할 뿐인데 그것이 문화재로서 가치가 있는지는 확신이 들지 않았다. 그저 높게 쌓는 데 치중한 현 건축물들. 아무쪼록 장례식으로 설친 잠을 채우기 위해 침대에 누웠다. 바깥 공사로 미묘하게 떨리는 아파트 건물과 함께 잠들었다.

다른 며칠 동안은 아이가 일상으로 돌아갈 수 있도록 최선을 다했다. 새로이 전입 신고도 하면서 아들이 다니던 학교에 배정받았다. 아들은 1학년이었고, 아이는 4학년에 전학 가는 방식이라 신경이 쓰였지만, 담임 선생님이 상황을 너그러이 이해해 주었다. 나는 재택근무로 전환되어 잔업과 집안일을 하는 한편 아이의 입양 절차를 알아보았다.

아이, 서아가 자신을 딸이라고 편하게 불러 달라 한 지도 한 달가량이 지났다. 시간은 제법 빠르게 흘러 상처는 조금이나마 아물었고, 아들 생각만 하면 슬퍼지던 감정도 제법 무뎌졌다. 당장이라도 죽을 것만 같았던 오늘도 어제가 되어있었다. 결국 우리는 어제를 살아가기 위해 오늘을 버티는 아픈 잔재들이 아닌가 싶은 생각이 절로 들었다. 큰 인재였는데도 사람들은 불상 사고를 천천히 잊어갔다. 그럴 수밖에 없었다. 지구 자전은 생각보다 빨라서 뒤처질 수 없는 사람들 전부가 각자도생에 바빴다. 입양 관련해서는 전문 변호사를 쓰기로 했다. 서아는 우리 지역에 제법 빠른 속도로 적응했다. 가을이 시작되고 있었다. 온 지구가 단풍에 물들 시간이었다.

이제 막 점심시간인데 학교에서 돌아온 딸이 아무런 인사도 없이 방 안에 틀어박혔다. 문을 어찌나 힘껏 닫는지 공사 소리에 비견될 만큼 큰 소음으로 다가왔다. 문 틈새로 손이 나오더니 방문 앞에 붙은 푯말을 반대로 돌렸다. 얼마 전 학교 수업으로 만들어 온 안내 푯말인데 뒤에도 글자가 적힌 줄 몰랐다. 출입 금지, 환영이라는 글자 뒤에 숨겨졌던 글자는 나를 저격했다. 우리 사이에 적응하고부터 지금까지 인사는 빼먹었을지언정 나를 모른 척하고 지나치지는 않았다. 방까지 들어가는 딸도 꽤 슬퍼 보이는 표정을 지었다. 혹시 따돌림이라도 당하는 건가 싶어 이야기를 해보려 방문을 두드렸다. 어떤 인기척도 느껴지지 않았다. 나는 당연히 적응을 잘했겠지 싶어서 초반 며칠 이후 신경을 놓아버리고 걱정을 떨쳐버렸다. 방문 앞에 걸린 푯말을 매만지고 있으니 딸이 나왔다. 손에는 빨간 피가 묻은 노란 팬티가 들렸다. 아, 찾아왔다. 생리를 맞이하는 날. 우리에게는 친절하게 설명해 줄 엄마도 없고, 도움을 받을 수 있는 할머니도 없다. 전 부모에게 성교육이라도 들었으면 좋겠지만, 처음 겪는 일인 마냥 당황스러워하며 조금씩 몸을 떨었다. 사춘기가 오려는 딸을 너무 쉽게 입양하려 들었다. 안일했다. 예상하지 못한 초경이었는지 불편해하며 쉽게 말을 꺼내지 못했다. 마찬가지로 나 역시 버벅거렸다.

"생리대를 챙겼어야 했는데… 아빠가 많이 무지했네…"

"오늘이 처음이었어요. 학교에서 성교육을 몇 번 듣긴 했는데, 당황스러워요."

처져있는 모습을 보니 마음이 쓰였다. 조금이나마 기쁘게 해주기 위해 고민했다. 아, 초경 파티.

"초경이었나보다. 다른 사람들 보니까 초경 파티라고 하던데 우리도 할까?"

"싫어요. 그런 걸 왜 하는 거예요? 그런 걸 제가 좋아할지 싫어할지 생각 안 해보셨어요?"

"아니, 그게…"

딸이 생리혈 묻은 팬티를 보란 듯 바닥에 던지고 문을 닫았다. 잠금장치를 눌렀는지 똑 하는 소리와 함께 문고리가 고정되었다. 작업 중이던 일거리를 치우고 생리대 고르는 법을 검색했다. 커버, 흡수층, 방수층. 커버는 유기농 면이 좋고, 마찬가지로 흡수층 역시 유기농 순면을, 방수층은 친환경 방수층을 추천했다. 해당하는 제품을 찾아 오프라인 구매처도 있는지 확인했지만, 온라인 구매처에서밖에 팔지 않았다. 주문을 시켜놓고 다시 딸 방문 앞에 섰다. 초경 때문에 점심도 거르고 바로 집으로 온 모양인데, 문을 열어주지 않으니 할 수 있는 게 없었다. 다시 문을 가볍게 두드렸다.

"점심 안 먹었지? 아빠랑 같이 배달시키자. 잠깐만 나와 볼래?"

배는 고팠는지 딸이 방문을 눈만 보일 정도로 작게 열었다.

"아빠, 저 배 아파요. 따뜻한 거 먹고 싶어요."

"아니면 된장국 끓여줄까? 흰 쌀밥에 김치랑 된장국 어때?"

꼬르륵 소리와 함께 딸이 고개를 연신 끄덕이고 문을 닫았다. 사춘기가 오는 아이들은 어려워, 아들에게도 그런 시절이 왔겠지. 부엌으로 넘어가 물을 올렸다. 사 놓았던 된장을 풀고 고기를 큼직하게 썰어 넣었다. 밥도 새로 안치고 겉절이 김치도 꺼냈다. 요리할 것이야 별로 없으니 바로 식탁 위에 음식을 차렸다. 냄새를 맡고 딸이 방에서 조심스레 나왔다. 된장국에 숟가락을 넣었다가 빼며 고기를 들어 올린 딸이 물었다.

"고기도 넣었네요?"

"아, 응. 맛이 심심할까 봐 넣었는데 별로야?"

딸은 말없이 고기를 씹었다. 오늘 뉴스를 확인하기 위해 포털 사이트로 들어가니 속보라는 이름이 붙은 기사가 잔뜩 늘어섰다. 속보, 에펠탑 붕괴. 보고도 믿기지 않아 두 눈을 비볐다. 딸이 무슨 일이냐고 물었지만, 제대로 답하지 못한 채 기사를 눌렀다. 지난 몇 년 동안 빠르게 부식되던 에펠탑이 어떠한 보수도 받지 못한 채 방치당했다. 수백 개에 달하는 결함도 발견되었지만, 잇단 보고서 발표에도 파리 시의회는 요청을 받아들이지 않았다. 녹슬어 백여 년을 방치당한 에펠탑은 서서히 기울어졌다. 기사에는 몇 년 전 보고서 내용을 짧게 첨부했다. 쓰러지는 영상도 함께 첨부했는데, 한 프랑스 방송사에서 에펠탑 안전 문제를 뉴스로 송출하던 도중 사고가 발생하여 기록으로 남길 수 있었다. 에펠탑은 근처 동네를 향해 고꾸라졌다. 방송하던 기자는 저 멀리 날아가고 카메라는 액정이 깨지며 영상은 끝났다. 프랑스인을 포함해 많은 관광객 사상자가 생겼다. 이번 사건과 관련된 각주로 불상 사고가 엮였다. 찾아가던 일상이 다시 무너졌다. 공사장 떨림이 너무나 크게 느껴졌다. 심장을 꺼내어 심박수를 확인하면 소음만큼이나 크게 울부짖을 것이다. 딸에게는 언급조차 하지 않으려 했지만, 절로 떨리는 눈꺼풀을 딸이 의식하고 말았다.

"에펠탑이 무너졌다네."

딸은 몸을 움츠렸다. 흡사 부처 손 아래서 웅크리던 모습처럼. 우리는 아직 그 날에서 벗어나지 못한 채 묶였다. 무료할 때 자주 보던 온라인 방송 플랫폼에 실시간 1위 생방송이 알람으로 떴다. 불상 사고 세 번째 생존자의 기록이라는 제목을 달았다. 토론회 때처럼, 그러나 완전히 얼굴을 가리는 검은 가면을 쓴 사람이 모니터를 노려보았다.

"문화가 현시대를 사는 인류에게 정말 필요한 것일까요?"

댓글 창이 불타올랐다. 문장들을 읽어낼 새 없이 빠른 속도로 치고 올라갔다. 분명 두 파로 나뉘어 싸우는 게 분명했는데, 내용이 보이지 않았다. 세 번째 생존자는 검은 가면을 벗었다. 단순히 체구만 작을 줄 알았던 그는 생각보다 어린 청소년이었다. 바깥에서 뛰어놀기를 좋아하는 여느 중고등학생 아이들처럼 얼굴이 태양열에 그을렸다. 주름이 없어서인가, 눈매가 선해서인가. 되게 어려 보였다. 중학생 정도. 댓글 창이 보이지 않았다. 막은 게 아니고 댓글을 남기는 사람 수가 너무나도 많았다. 토론장으로 변했다.

"저는 문화가 인류보다 위에 있어서는 안 된다고 생각합니다. 그럴 거면 계속 고인돌이나 세우고 있었어야죠."

비난하는 이 절반, 응원하는 이 절반. 정확하게 나누어진 토론장에서 아랑곳하지 않고 무너진 에펠탑과 현 사망자 추세를 나타낸 기사를 보여주었다. 공사장 소음과 에펠탑 사고로 다시금 기억을 상기한 딸은 끝내 식탁 의자에서 일어나지 못한 채 퍼질러지고 말았다. 나는 힘 빠져 처진 딸을 억지로 부축해 서재로 데려갔다. 물고기들이 숨 쉬는 어항 중앙에 딸을 눕히고 옆에 걸터앉아서 보던 방송을 마저 시청했다. 어느 정도 안정을 찾은 딸이 내 등을 폭 끌어안았다. 무섭다고 말했다. 그 사람들도 우리처럼 살아갈까 싶어서. 나는 괜찮다고 말했다. 우리는 어떻게든 아등바등 살아가고 있어서.

"제 의견에 동조하시는 분들을 찾습니다. 제가 만든 카페에 가입해 주세요."

세 번째 생존자가 댓글 창에 카페로 통하는 주소를 고정 댓글로 지정했다. 나도 호기심에 눌렀다. 가입 신청을 누르니 기본적인 질문과 답 칸이 나왔다. 주소 생년월일 같은 간단한 것들을 넣었다. 신청을 누르자 승인이 나야만 활동에 참여할 수 있다는 안내 문구가 등장했다. 다시 방송으로 넘어가니 세 번째 생존자가 심각한 표정을 짓고 모니터를 보았다. 아니, 카메라를 보았다. 그는 단순히 렌즈를 바라보고 있을 뿐일 텐데도 이상하게 나를 쳐다본다는 느낌이 들었다. 눈동자를 읽을 수 없다 했더니, 여러 감정이 섞여 있었다. 분명 분노와 복수 같은 감정도 담겼다. 등골이 서늘했다.

"첫 번째, 두 번째 생존자도 저와 함께하길 바랍니다."

방송은 순식간에 여러 언어로 번역되어 인터넷상에 퍼져나갔다. 동영상 플랫폼에는 세 번째 생존자 방송의 외국인 반응 따위의 제목을 단 영상이 수두룩하게 업로드되었다. 내가 카페에 가입할 수 있게 된 건 그로부터 며칠 뒤 일이었다. 카페는 가입 전과 가입 후 모습이 달랐다. 가입 전 카페는 해당 플랫폼에서 밀고 있는 초록색과 파란색이 주를 이루었다면 가입 후에는 빨간 지구 심볼이 카페 대문에 박혔다. 왜 빨간색을 주류로 미는지 알 수 없었다. 가장 첫 게시글은 카페 주인, 세 번째 생존자가 썼다. 문화가 인류를 위협한다. 당장을 살아가는 우리를 위해 인류를 억압하는 문화와 업적에서 벗어나자. 아래 댓글로 많은 응원 글이 쏟아졌다. 언어도 다양했다. 영어, 일본어, 중국어. 심지어는 스페인어까지. 한국 플랫폼이 이렇게 많은 언어를 수용할 줄은 몰랐다. 스페인어의 뒤집어진 느낌표가 인상 깊었다. 가끔가다가 카페 의도와 맞지 않는 사람들이 들어와 댓글을 남기기도 했다. 문화는 한순간에 없앨 수 없는 것, 문화는 인류 그 자체. 나도 이들의 의견에 동의했다. 비록 아들을 그 잘난 문화재에 잃었을지라도.

카페에 호기심으로 등록한 사람은 우리에 갇혀 벗어나지 못하는 오랑우탄 같은 신세로 전락했다. 제아무리 문화가 소중하다고 떠들어도 헛소리로 치부되니. 몇 시간 되지 않았는데 두 번째 글이 떴다. 마찬가지로 카페 주인이 썼다. 분탕질하는 회원을 모두 잘라내겠다는 협박 가까운 언사였다. 가입 시 질문도 까다롭게 바꾸겠다는 말과 함께 이제부터 누구나 카페에 글을 쓸 수 있도록 개방하겠다는 안내문을 남겼다. 이윽고 다른

공지가 올라왔다. 빨간 지구 심볼을 배지로 만들어 팔겠다는 글. 4만 원 정도 하는 가격대에 누가 사겠나 싶었는데 벌써 예약 물량이 다 찼다는 고정 댓글이 떴다. 순차 예약 발송을 넘어서 계속해서 구매 예약이 쌓여가는 걸 두 눈으로 볼 수 있었다. 겨우 빨간 지구 심볼 따위가 뭐라고.

카페는 문화를 불신하고 문화재를 업신여기는 자들의 공간으로 단장했다. 자기 근처 문화재를 찍어서 올리고는 불평불만을 써냈다. 예를 들면 조선 시대 세워졌다는 신당 하나 때문에 직진으로 갈 수 있는 길을 둘러서 가야 한다든지, 옛 위인이 죽었던 자리라며 쓰지도 못하는 우물을 방치에 가깝게 두는 행위가 있었다. 문화재에 불평을 가진 건 한국인만이 아니었다. 주어 목적어 서술어 순서 상관없이 제멋대로 배치된 글과 함께 자국 문화재 사진을 올리는 외국인도 존재했다. 유명하지도 않은데 보존 가치가 있다며 집 주변을 문화재 보호 구역으로 지정했다면서 불만을 숨기지 않았다. 그가 올린 사진에는 일반인이라면 정말 이해하기 어려운 풍경이 담겼다. 그저 허허벌판처럼 민둥한 흙만 보였다. 어떤 글은 정말 억지였지만, 다른 어떤 글은 정말 납득할 수밖에 없는 이유를 가졌다. 여러 사람의 활발한 활동으로 카페는 규모가 점차 커졌다. 늘어난 회원 숫자가 눈에 띄었다. 포털 카페 10위권 안에 들기도 했다. 이에 문화재청은 그들만의 카페를 개설했다. 그러고도 모자라 대외 활동으로 청년들을 대상으로 한 문화유산 보호 프로젝트라는 이름의 활동을 계획했다.

나는 문화재청이 만든 카페도 가입했다. 문화 거부 카페에 반해 쉽게 가입할 수 있었다. 내가 들어갔을 때는 이미 분탕질로 엉망이었다. 수없이 뜨는 광고 글, 키를 크게 해주는 약이라던가, 고액 아르바이트 같은 단어를 쓰는 글이 상단을 차지했다. 정말로 문화를 사랑해서 들어온 사람들은 금방이라도 질려 나갈 것처럼 생겼다. 문화재청에서 운영하는 카페답게 따로 판매해서 수익을 올리는 활동은 없는 대신 나누어주는 것들이 많았다. 빨간 지구 심볼 배지처럼 국보 서울 숭례문 모양을 본뜬 배지를 배포했다. 신청하면 누구나 받을 수 있었다. 나도 딸 것까지 합쳐서 두 개 신청했다.

며칠 뒤 문화재청으로부터 택배가 도착했다. 우체국 택배 1호 상자에 담겼다. 뜯어보니 나무로 된 작은 함 같은 것이 나왔다. 함을 열자 국보 서울 숭례문 배지가 때깔 고운 노란 빛으로 반짝였다. 하나는 내가 자주 입는 양복에 꽂고, 다른 하나는 함 채로 딸에게 들고 갔다. 딸은 노란 숭례문을 보며 신기하다고 불빛에 비추어보았다. 노란색이 찬란하게 반짝거리는 것이 별처럼 생겼다. 딸 역시 자기가 좋아하는 옷에 배지를 달았다. 하얀 티셔츠에 노란색 숭례문은 제법 잘 어울렸다. 나는 기뻤다. 마침내 현재를 살아가고 있는 기분이 들어서. 나를 인정해 주는 딸과 함께 살아가는 건 당연, 행복한 일이다. 이제 아들 49재가 며칠 남지 않았다. 그때가 오면 다시 아들을 기억하지만, 떠나보내 주어야 함은 잊지 않았다. 내가 선택한 이별이 다음에 다가올 새로운 생을 시작하도록 도울 테니. 부처상에 깔렸

는데도 불교식 장례를 선택했다. 우리에게 준 자비를 아들에게
도 베풀 거라 믿었다.

49재 날이 다가왔다. 딸도 씻고 옷을 갈아입으며 분주하게
준비했다. 비록 자신은 한 번도 보지 못한 아이일지라도 동생
으로 받아들인 모양이었다. 오랜 의논 끝에 딸의 의견대로 왼
쪽 가슴에서 숭례문을 뺐다. 문화재로 끝나버린 삶을 비웃는
행위 마냥 배지를 달 필요는 없었으니까. 장례지도사에게 안내
받은 절 입구에 가니 작은 동굴로 이어졌다. 안으로 깊숙이 향
했다. 양옆으로 길게 꽂힌 양초들. 길을 따라 걸은 끝에 동굴은
끝나고 많은 계단과 함께 누가 나타났다. 누 위에 범종이 있었
는데, 사람 몇 명이 가볍게 종을 두드렸다. 굵고 묵직한 소리가
났다. 누를 지나 더 깊은 곳으로 들어가니 이내 탁 트인 경관이
나타났다. 정면 대웅전을 제외하고 양옆으로 두 건물이 있었
다. 한 건물씩 살펴보려던 찰나, 흐릿하게 걸린 위패들을 보고
대웅전 오른쪽 건물로 들어갔다. 사람이 아무도 없었다. 혹시
착오가 있었나 싶어서 다시 절 중앙으로 나오니 사무실이라고
적힌 공간이 보였다. 위패 건물 오른쪽에 있었는데, 누 건물 일
부로 처음 위치에서는 보이지 않았다. 사무실로 들어가 상황을
설명하니 한 스님과 연결해주었다.

우리는 절차대로 따라 했다. 3배, 그 중 첫 번째 기도는 당신
실수로 죽어버린 어린 영혼을 거두어 주시오. 두 번째 기도는
천국도 지옥도 아닌 작은 지구일지라도 새로운 삶으로 좋은 사
람과 오래 살아가게 해주시오. 세 번째 기도, 나무아미타불 관세

음보살. 아들에 대한 집착으로 다른 걸 잃지 않기 위해 빌었다.

딸은 엄중한 분위기 속에서 나를 향해 속삭였다.

"이렇게까지 하면 정말 동생에게 도움이 될까요? 제게 이건 그저 살아남은 아빠가 스스로에게 하는 위로로밖에 보이지 않는걸요."

"맞아, 위로. 제대로 챙겨주지 못한 날들을 반성하면서 앞으로 반듯한 마음으로 살아가겠다는 거지. 그런 거야."

마지막 합장으로 49재를 마무리 지었다. 오후에 도착해서인지 하늘에 어둠이 깔렸다. 절 하늘에 매달린 연등에 불을 밝혔다. 가지각색의 연등이 무지개를 연상시켜 아름다운 풍경을 자아냈다.

"이제야 맞이할 수 있을 거 같네. 끝나지 않을 거 같던 깊은 밤을 지나, 끝내 찾아온 아침을."

"시구에요? 유명한 시인은 아닌가 봐요."

답하지 않았다. 그저 딸 손을 잡고 지나왔던 동굴을 다시 통과할 뿐이었다. 절이 유명한지 드나드는 사람이 많았다. 지나가는 사람들 옷에 익숙한 모양이 달렸다. 자세히 보니 문화 반대 카페에서 판매하던 빨간 지구 심벌 배지였다. 밤에 보니 선홍빛 지구가 섬뜩하게 느껴졌다. 딸은 행인들 옷에 달린 지구 배지를 보더니 예쁘다고 말했다. 어느 대륙과 대양을 중심으로 만들었는지 모를 붉은 지구 따위에서 예쁨을 느끼다니. 가만 보니 지구를 가슴에 단 사람이 한두 명에서 그치지 않았다. 동굴을 통과하고 주차장까지 가는 길에 대략 수십 명은 보았다.

차라리 아무것도 안 단 사람이 있을지언정 숭례문은 한 명도 볼 수 없었다. 차량에 들어가서 문화 반대 카페에 들어갔다. 몇 십 명, 아니 몇백 명, 몇천 명 이상이 배지를 샀는지 궁금했다.

땅 진동, 큰 폭발음과 함께 숭례문 붕괴. 이끌린 제목에 홀린 듯 눌렀다. 여러 사람이 다쳤고 저도 팔을 다쳤어요. 인증이라 며 돌조각에 긁혀 피가 뚝뚝 흐르는 팔과 함께 건축물이었다는 흔적 하나 없이 무너져내려 현판만 덩그러니 남은 숭례문이 있 던 공간 사진을 올렸다. 삽시간에 카페에 수많은 인증 글이 올 라왔다. 이상했다. 이질감? 의심? 그런 개념이 머릿속을 마구 휘저었다. 그들이 남긴 인증 사진에 등장하는 사람들 대부분이 빨간 지구 심볼을 가슴에 달았다. 딸이 스스로 품었던 의문을 홀로 삼켜냈다면 나는 찜찜한 기분만으로 곧장 집으로 돌아갔 을 테다. 단 한 마디, 머뭇거리던 나를 움직이도록 만들었고, 의 심을 확신으로 품었다.

"아빠, 아까 빨간 지구 배지 단 사람들 일행처럼 보이는데 좀 어색하지 않았어요?"

직감적으로 부서진 숭례문과 나를 이곳으로 부른 불상이 뇌 리를 스쳤다. 혹시나 하는 생각이지만, 만약 문화 반대 카페 회 원이 숭례문을 터뜨린 거라면? 정말 그런 거라면? 그들이 보일 광기는 전혀 의심이 가지 않았다. 한두 명도 아니고 수십 명이 동시에 들어가는 모습을 본 이상 마음을 되돌릴 수는 없었다. 그들이 자아내는 어렴풋한 위험에 뛰어들어 곧장 동굴을 지나 절로 향했다. 호흡이 거칠어져 엉망이 되었다. 가슴이 답답했다. 타오르는 거 같았다. 아니, 타올랐다. 그 커다란 절은 아주 진한 불꽃에 휩싸였다. 절 앞에 검은 가면을 쓴 수십 명이 일렬로 서서 나를 노려다 보았다. 불꽃을 머금어 빨간 지구는 더욱 짙어졌다.

불을 진화하기 위해 사무실에 있던 직원들이 소화기를 들고 달려 나왔다. 수행 중이던 스님들도 당연 사람인지라 불길을 피해 절 마당으로 나왔다. 마당에는 미묘한 기류가 흘렀다. 스님들과 검은 가면들. 서로 간 기 싸움이 일어났다. 물론 불을 끄는 데는 어떤 도움도 될 거 같지는 않았다. 스님들도 그 사실을 알고 있었는지, 기싸움은 그만두고 소화기를 받아다 불을 진압하려 애썼다.

"소화기가 바닥났어요! 119 불렀으니까 일단 피합시다!"

사무실에서 행정을 보던 사람 중 하나가 뛰어나와서는 말했다. 선조들과 오랜 기간 숨 쉬어온 터전이 무너지기 직전까지 가는 동안에도 소화기가 떨어진 상태에서 할 수 있는 일은 관망 말고는 없었다. 재가 되어 문드러진 나무문 너머로 법당 벽에 붙은 위패가 보였다. 빨간 지구 심볼을 단 이들을 무시하고 지나갈 수 없었던 이유. 위패를 향해 몸을 던졌다. 옷에 불꽃이 옮겨붙었다. 손으로 불꽃을 때리며 억지로 진압했다. 위패, 아들 이름. 아들 것을 찾기 위해 한참을 불꽃과 겨루었다.

"아빠, 뭐해! 빨리 나와!"

"잠깐만! 위패 하나만 찾으면 돼!"

"아빠 빨리 나오라고! 그게 대체 뭐가 중요한데!"

언제 뒤따라왔는지 모를 딸이 울부짖듯 소리쳤다. 정말 끝인가 싶던 순간 가장 아랫단에서 황보라는 성을 가진 위패를 찾았다. 생년월일도 아들과 일치했다. 마침내 발견했다. 불에 그을려 몇 군데 지워지긴 했지만, 아들 것이 분명했다. 잡아당기듯 떼어내고 법당 밖으로 나왔다. 동시에 천장이 무너져 내렸다.

이 상황에 엮이고 싶지 않아서 딸과 위패를 챙기고 곧장 동굴을 벗어났다. 검은 하늘이 회색 연기를 흡수했다. 몸 곳곳에서 탄내가 났다. 이미 옷 몇 군데는 불꽃에 녹아내려서 피부에 눌어붙었다. 딸은 차에 탄 이후로 창밖으로 고개를 돌린 채 한마디도 하지 않았다. 많이 피곤해 잠이 든 모양이었다. 절에서 나오는 우리 반대 차선으로 소방차들이 들어갔다. 이제는 다 타버려서 흔적이나마 남아있으면 다행이었다. 검은 가면, 아마도 문화 반대파인 그들이 방화를 일으킨 걸 눈으로 본 건 아니다. 그저 불타는 절을 지켜보는 장면만 목격했을 뿐인데도 나는 그들이 범인이라 생각했다. 그들 말고는 스님과 사무실 직원들뿐이었으니까 당연한 걸까.

숭례문 배지를 만들어 배포하던 문화재청은 파손 여부와 상관없이 계속해서 숭례문 모양을 유지하기로 정했다. 나는 문화재청이 개설한 카페에 들어갔다. 눈에 띄는 제목이 하나 있었다. 당신 곁 문화재를 지켜주세요. 호기심에 눌러보니 구미가 당길 정도로 솔깃한 내용이 있었다. [문화재 주변을 서성이는 수상한 사람을 보면 신고해 주세요. 혹여 테러범일 경우 문화재청 특별 포상금 (최대) 일천만 원을 드립니다] 아래에는 사진으로 활동 지침이 나와 있었다. 문화재청 마스코트 캐릭터 경산 토기를 남산 타워 사진 앞에 그려 놓았다. 손에는 폭탄과 같은 게 들려 있었다. [이런 수상한 사람이 있다면 사진과 함께 경찰서로 제보해 주세요] 경산 토기가 눈인지 콧구멍인지 구별하기 어려운 구멍으로 놀란 표정을 지었다. 여러 예시가 있었지만, 남산 타워에서 자기 목적을 들켜 놀라는 경산 토기가 오래 기억에 남았다. 일천만 원은 꽤 솔깃한 제안이었기에 빨간 지구 심볼 배지와 관련하여 문화 반대 카페를 조사해 보기로 했다. 꼭 돈이 아니어도, 하마터면 아들 위패마저 잃어버릴 뻔했던 상황에서 느꼈던 무력감을 다시 느끼지 않도록 무엇이라도 하는 게 도움이 되었다. 나에게도, 인류에게도.

절에서 일어난 화재는 숭례문 붕괴 사고로 대중에게 묻혔다. 몇백 년 이상을 이어오던 한 문화재가 허무하게 불탔는데도 사람들이 관심을 주지 않으니 그저 나무로 만들어졌던 건물에 불과했다. 기사가 몇 개 뜨긴 했으나 곧이어 나온 숭례문과 관련한 충격적인 사실이 도배되듯 쏟아지는 바람에 알게 되는 사람만 아는 흘러가는 사실에 불과했다. 절과 관련한 기사 댓글도 많아야 대여섯 개였다. 불타는 절을 직접 보았지만, 내게도 그것보다는 숭례문이 정도가 더욱 심해 보였다. 숭례문이 무너진 자리에서 폭탄 조각을 찾아냈다. 그것은 분명하게 터진 흔적이 남았다. 그 외에도 불발탄 서너 개를 땅속에서 캐냈다. 순식간에 대한민국이라는 나라가 요동쳤다. 휴전 국가에서, 그것도 한 국가가 가진 문화재를 상대로 벌인 테러였기에 더욱 화제였다. 누군가는 가짜 이데올로기의 테러라고 정의 내렸으며, 다른 누군가는 단순한 반달리즘이라고 표현했다. 사망자나 부상자는 없었다. 철저한 현장 검증을 몇 차례나 걸친 끝에 내려진 결론이었기에, 사람들은 불안과 호기심을 동시에 안았다. 테러 목적은 사상자를 만들어내는 건 아니라는 의견이 주를 이루었다. 이제 두 달이 채 지났나, 결국 부메랑처럼 대중들의 관심은 최초 문화재 사고인 불상 사고에서 살아남은 생존자들에게로 돌아왔다.

문화 반대 카페에 접속하니 운영 정지라는 문구가 떴다. 지금까지 작성된 글들은 그대로 남았다. 나는 이번 사고들이 해당 카페 주도로 이루어진 테러라 짐작하고 증거를 찾아보기 시작했다. 이상하게 테러에 '테'자도 볼 수 없었다. 지금까지 읽었던 게시물을 포함해 오늘도 모니터에 시력을 잃어가며 찾아댔지만, 어떤 작당 모의도 찾지 못했다. 빨간 지구 배지나 파는, 일반적인 카페와 다를 바 없이 평범했다. 운영 정지라는 플랫폼 경고문 아래 마지막으로 쓰인 게시글 겸 공지글이 있었다. 만남이라는 제목 아래, 내용은 날짜, 장소, 시간. 세 가지만 있었을 뿐인데 조회수가 몇천은 가뿐히 넘었다. 모레 오후 5시 광화문 광장 앞. 가면 무슨 일이 벌어질지 예측하기 어려웠다. 위험할 수 있음을 직감했다. 만약 그들이 광장 바로 앞 무방비로 노출된 광화문과 경복궁을 테러한다면 아수라장은 예견된 미래다. 문화 보호 카페로 이동해 실시간 익명 대화에 접속했다. 이쪽에도 광화문 집결 소식은 화젯거리로, 떠들썩한 분위기를 만들어냈다. 어째서 광화문 광장인지에 관한 음모론적 이야기부터, 이를테면 내 예상처럼 테러를 위해 모인다든가 하는. 그 카페 사람들은 이상하다는 말, 약간 광기가 느껴진다는, 나와 비슷한 의견도 존재했다. 여러 의견이 오가는 중에 나도 몇 마디 거들었다. 처음에는 49재를 지냈던 절이 불탄 자리에 빨간 지구 심볼 배지를 단 사람들이 검은 가면을 쓰고 서 있었던 일을 이야기했다.

[사실 저도 봤어요. 매번 가던 절인데 갑자기 연기가 막 나길래 가보니까 글쎄 검은 가면을 쓴 인간들이 서 있는 거 아니겠어요? 근데 그 인간들 분위기가 되게 기괴하더라고요.]

[그러면 두 분이나 보신 거네요? 새로 접속하신 분은 이번 '사건'들 어떻게 보세요?]

스마트폰 자판을 한동안 길게 눌렀다. 한글에서 특수 기호로 넘어갔으나 내가 손가락을 떼지 않아 입력되지 않았다. 거실 너머로 학교에 간다며 일찍 이부자리에 누워있는 딸을 보았다. 어항 쪽으로 돌아서 어항 불빛인지 뭔지 모를 불빛이 얼굴에 비쳐 환했다. 만감이 교차했다. 새로운 가족을 만나 행복해가는 거랑은 별개로 하나뿐인 아들을 잃었으니까. 불상 사고를 미워할 수도, 달가워할 수도 없는 입장에서는 쉽사리 판단할 수 없었다. 모두가 내 답신만을 기다리듯 어떤 사람도 채팅을 치지 않았다. 여전히 바로 앞에 남겨진, 이번 "사건"들에 관해 내 생각을 묻는 문장. 나는 얼버무리더라도 확신을 살 수 있는 그런 대답을 원했다. 글자를 빈공간에 하나씩 담았다. 내 사견을 표현할 수 있는 완벽한 단어들을 배열하며, 의도를 확실하게 드러낼 수 있는 순서를 고집했다.

[과거에서 배움을 찾는 인간이야말로 인류가 바라던 인간상이 아닐까요?]

[오호, 그 말뜻은 아무래도 검은 가면을 쓴 사람들과는 다른 믿음을 지녔다는 말이겠네요.]

갑자기 채팅이 하나둘씩 올라왔다. 아무래도 나에 대한 경계심은 풀리고 어느 정도 인정받은 모양이었다. 광화문 광장을 주제로 한창 떠들썩한 순간에 누군가 문뜩 화제를 바꾸었다. 문화 반대 카페 운영 정지와 관련한 이야기였다. 카페 정지 근황과 함께, 플랫폼 카페 관련 문의 작성 내역을 캡처해서 올렸다. 문의는 한 페이지에 다 들어오지 않을 정도로 개수가 많았다. 제목은 다 달랐지만, 비슷한 내용을 내포했다. 불법 및 혐오 행위. 사진 아래, 즉 초반에 남겼던 문의에는 플랫폼 담당자의 답글이 달렸으나, 사진 위쪽으로 갈수록 답글은 적다 못해 없었다.

[참, 광화문 광장에서 무슨 짓을 하는지 몰라도 누가 오는지는 알고 있어요.]

이어서 동영상을 첨부했다. 세 번째 생존자가 영상에 나왔다. 그는 말했다.

"이번에는 저뿐만 아니라 불상 사고 첫 번째, 두 번째 생존자가 모두 참여할 겁니다. 대중 여러분께 이야기하고 싶은 게 있답니다. 카페 회원분들의 많은 참여 바랍니다."

대화에 참여하고 있던 대다수 사람은 세 번째 생존자 말을 그대로 믿었다. 알지 못하는 사람들이 나와 딸을 멋대로 비난했다. 너무 억울해 보고만 있을 순 없었다. 세 번째 생존자를 만난 적도 없는데, 그와 동급으로 엮였다. 나는 소리 내어 거짓말, 거짓말 거리다가 타자로 똑같은 단어를 쳤다. 전송만 누르지 않았으면 그저 오해만 받고 말았을 테다. 거짓말, 단어에 상승하던 분위기가 고꾸라졌다. 누군가는 키읔을 도배하면서 왜 거짓말 같으냐고 비웃었다.

[제가 현장에서 아들을 잃은 첫 번째 생존자니까요.]

대화 옆에 읽은 사람 숫자가 빠르게 늘었다. 백이십 명. 그 숫자를 눈으로 인지한 순간 대화방이 사라졌다. 실수로도 나가기는 누른 적이 없었기에, 자의로 벌어진 헤프닝 따위는 아니었다. 그러면 무엇인가. 첫 번째 생존자가 등판했다는 소식에 대화가 쌓여서 데이터가 터졌나? 카페 대화 목록을 다시 확인했으나 대화방은 흔적도 없이 정체를 감추었다. 이윽고 다른 한 대화에 초대되었다. 단체 대화가 아닌 1:1 개인 대화였다. 상대 프로필에는 카페 부운영자 마크가 붙었다. 쫓아내서 미안하다는 말과 함께 문화 반대 카페에서 유입된 회원들이 있었다며 용서를 빌었다. 쫓겨났던 거구나. 하얀 채팅창, 상대가 누구인지 판단할 수 있는 건 그가 남기는 그림자 같은 채팅뿐이었다. 정말로 첫 번째 생존자가 맞는지 물었다. 그러고는 불상 사고 때 찍힌 흐릿한 내 얼굴 사진을 대화방에 올렸다. 나는 스마트폰으로 얼굴 사진을 찍었다. 통 자지 못해서 눈이 퉁퉁 부었다.

주름이 깊어져서인가, 이목구비가 뚜렷하게 드러나서인가, 남들이 찍은 사진보다 더 나이 들어 보였다. 입술은 오히려 방금 찍은 사진이 더 생기가 돌았다. 아니, 애초에 상대가 올린 사진 속 나는 분간 어려운 얼굴에도 생기 따위 없이 죽어있었다. 찍은 얼굴 사진을 올리며 신뢰를 바랐지만, 순간 반대로 나는 상대를 신뢰할 어느 것도 없다는 걸 깨달았다.

[몇 가지만 물어볼게요. 괜찮나요?]

단순히 문자로 배열하여 전달한 말에서 딱딱함이 느껴졌다. 내가 답을 하거나 말거나 그는 제 할 말만 이어갔다. 이럴 거면 내게 의사는 왜 물었는지. 형식적인 관례가 분명했다.

[두 달 전 사고로 아들을 잃었다고 들었습니다. 문화재에 부정적일 거 같은데 이 카페에 가입한 이유가 있나요?]

무례한 질문에 곧장 상대를 차단하려고 프로필로 들어갔다. 이름, 가입 일자, 직책 따위가 나열된 프로필 아래 차단 글씨가 보였다. 눌렀다. 상대가 보낸 채팅과 동시에. 채팅 알림이 스마트폰 상단에 떴다.

[아, 죄송합니다. 다른 건 아니고, 문화유산을 지킬 사람들을 모집…]

스마트폰이 넓지 않아 알람이 모든 문장을 보여주지 못하고 일부분을 잘라냈다. 모집한다는 말에 눌렀던 차단을 바로 풀어버리고 대화방으로 다시 접속했다. 문화유산을 지킬 사람을 비밀리에 모집한다는 말. 문화재로 아들을 잃은 사람이 문화유산을 위해 힘을 쓸 거라는 판단이 가당키나 한가. 당최 나와 대화를 나누는 사람은 무슨 생각으로 내게 제안했는지 모르겠다. 밤에도 공사를 계속 진행하는지 땅울림이 집까지 전해졌다. 바깥이 시끄러웠다. 사람들 말소리도 들렸다. 스마트폰을 들고 창문을 열어 아래를 보았다. 여럿이 모여서 떠들어댔다. 싸움, 그건 의견이 맞지 않는 자들이 벌이는 입술로 행하는 폭행이었다. 띠링, 알림음이 나를 바깥 세계에서 가상 공간으로 불렀다.

[어려운 제안이었나요? 저는 당신이라면 충분히 우리와 함께 과거 인류가 만들어낸 지식의 산물들을 지켜낼 수 있으리라 생각합니다.]

[왜 그렇게 확신할 수 있나요? 저는 당신 말처럼 문화재에 하나뿐인 소중한 아들을 잃었습니다.]

답을 기다린 지도 오래, 스마트폰 왼쪽의 상단 시계가 3분을 훨씬 넘겼다. 전할 문장을 고민 중인지 프로필 옆에 작은 동그라미 세 개가 차례로 점멸하길 반복했다.

[당신이 문화를 부정하는 사람이라면 49일째 되는 날 절에 오지도 않았을 테고, 불타는 법당에 뛰어들어 위패를 가져오지도 않았겠죠.]

소름이 끼쳤다. 누군가가 나를 감시했다는 사실에. 스마트폰을 멀리 떨궈놓고 호흡을 골랐다. 피할 수 없던 한 사고가 운명을 완전히 뒤바꾸었다. 평범하게 살고 싶던 내게 너무나 맞서기 힘든 현실이 가까워졌다. 오해하지 말라는 듯 상대는 급하게 채팅 하나를 더 보냈다.

[매번 절에 간다던 사람이 저예요.]

그들은 광화문 광장에 문화 반대 카페 회원들이 모이는 날, 숭례문 배지를 가슴에 달고 광화문 앞에 모일 것이라 설명했다. 내게도 참여를 호소하듯 바랐다. 나는 고민해 보겠다는 말만 남긴 채 스마트폰을 뒤집었다.

바깥은 여전히 시끄러웠다. 밤에도 진행되는 공사 탓으로 이해했다. 딸에게 가니 귀마개를 끼고도 모자랐는지 양쪽 귀에 손을 올린 채 잠들었다. 웃긴 행동이면서도 얼마나 시끄러우면 덮인 귀를 다 막고 잠들지 싶어서 한바탕 따질 준비를 했다. 겉옷을 주섬주섬 챙겨 입은 후 승강기를 타고 1층으로 내려갔다. 공사 중인 현장으로 가기 위해 곧장 차도를 질렀다. 앞에 깔린 4차로로 차들이 지나는 것 외에는 우리 아파트 한 동이 공사 피해를 호소할 사람 전부였다. 아파트 뒤로는 산이 펼쳐졌고, 공사장 주변은 밤에 쉬는 공장들만 즐비했다. 공사에 대해서 가끔 마주치던 이웃들이 따졌다. 12층에 사는 우리도 진동을 느꼈는데, 아랫집 사람들은 오죽했으랴. 1층에서 집 겸 학원을 운영하는 아줌마가 인부에게 한창 삿대질하고 있었다. 들리는 소리에 의하면 공사로 인해 학원생들이 떠났다고 했다.

"내일 비가 온다고 해서 오늘 안으로 마무리 지어야 해요. 조금만 이해해 주세요."

"아니, 사람이 잘 시간에 땅을 쳐 파고 있으니까 시끄러운 데다 흔들려서 잠을 잘 수가 있어야지!"

헬멧과 장갑이 흠잡을 때 없이 깨끗하고 쭈뼛쭈뼛 서서 어쩔 줄 모르는 모습을 보니 막 들어온 신입 같았다. 아파트 주민이 단체로 불만을 토로하자 지쳤는지 뒤로 한 걸음 물러났다. 대신 헬멧에 반장이라는 단어가 쓰였고, 오랜 작업 내공으로 몸이 튼실해 보이는 사이 우리 무리를 반으로 갈랐다.

"여기에 문화 센터 같은 거 들어오는 마천루 하나 세워지면 집값도 오르고 좋잖아요. 어, 막말로 한 몇백 년 되면 문화재 취급받을 정도로 귀중해질지 누가 알아요? 조금만 참읍시다 예?"

그가 하는 막말과 억양을 높여 배려를 강요하는 모습을 보고 오히려 사람들은 화를 냈다. 우리 집 앞에 그딴 건 필요 없다고 소리치거나, 주먹까지 들어 올리며 반발했다. 뒤에 선 아파트에서 몇 가구에 불이 들어왔다. 3층, 9층, 그리고 12층. 내 위치에서 가장 오른쪽 집. 우리 집이었고, 그렇다면 불을 켠 건 딸이 분명했다. 큰 방 창문이 열리더니 딸로 보이는 여자아이가 고개를 빼꼼히 내밀었다. 그러거나 말거나 이곳은 입술로 싸웠다. 현장에 계속 있어도 내가 끼칠 영향은 없어 보여서 집으로 돌아갔다.

어떤 식으로 합의를 했는지 지속적이던 진동은 약 한 시간 정도 뒤에 멈추었다. 거짓말처럼 공사가 끝나는 순간부터 비가 내렸다. 처음에는 투명한 액체를 보고 지나가는 새가 뱉은 토사물이라 생각했다. 점점 거칠고 길어져 빗줄기 형태를 갖추지 않았다면, 나는 여전히 지나가는 새를 보고 오해만 쌓았을 테다. 공사가 멈춘 현장 곳곳에 빗물이 고였다. 늘어진 철근 따위에는 물방울이 맺혀 커졌다가 바닥으로 흘러내리기를 반복했다. 선선하게 불어오는 가을바람이 빗방울과 집으로 날아왔다.

인부들이 두고 간 생수병 같은 쓰레기가 물과 바람을 따라 굴러다녔다. 비가 쏟아졌다. 물웅덩이는 공사장 지반을 쌓기 위해 쏟은 이름 모를 회색 액체 따위를 머금었다. 아파트 뒤쪽 숲을 회색 세상에 비추던 투명한 물웅덩이는 이제 사라졌다. 탁하게 변했다. 순식간에 제 색을 잃었다. 변하는 건 순식간이야. 문을 닫았다.

오랜만에 주말다운 주말을 보내고자 늦잠을 잤다. 일어나 창문부터 열었다. 화재 현장에 갇힌 사람처럼 뿌연 회색 하늘을 쳐다보기만 했다. 공사장 인부는 일기 예보를 제대로 알지 못했다. 비는 엊그제와 어제를 지나, 광화문 광장에 문화 반대 카페 회원 집합 날짜인 오늘까지 내렸으니까. 밤새 소변을 참아 방광이 터질 지경에 이르렀다. 화장실 문 가까이 가니 물소리가 들렸다. 가볍게 문을 두드리니 안에서 딸이 두드림을 되돌렸다. 한계가 멀지 않았다. 배를 붙잡고 쭈그려 앉았다. 문이 열리고 딸이 서재로 뛰어갔다. 나는 드러난 발목밖에 보지 못했고, 애초에 그 이상은 볼 생각이 없었다. 변기 물을 내리고 부엌에서 간단히 찬물로 목을 적시니 딸이 나왔다.

"오늘 친구들이랑 약속 있어요. 잠깐 만나고 오는 거라 빨리 올 거 같아요."

"어, 그래. 잠깐만."

지갑에서 만 원짜리 다섯 장을 꺼냈다. 딸은 다섯 장 중 세 장만 받아 갔다.

"교통비랑 밥값 정도만 있으면 될 거 같아요."

만 원 세 장을 주머니에 욱여넣는데 검은 끈이 끝만 튀어나왔다. 매번 긴 머리를 뒤로 묶던 스타일을 고수하더니 오늘은 명치 부근까지 풀어헤쳤다. 화장은 급하게 했는지 자연스럽지 못했다. 용돈을 모아 산 화장품이니 내가 무어라 할 권한은 없었다. 눈썹 전용 연필로 눈썹을 두껍게 그리다가 칠해 넣어 마치 만화 캐릭터를 닮았다. 눈 주변에 바른 붉은 아이섀도우는 막 병원에서 튀어나온 환자 같은 인상을 주었다. 전혀 어울리지 않는 화장들을 한 것도 이상했는데, 더해 얼굴 위쪽만 단장했다. 콧등을 기준으로 얼굴 아래쪽은 화장기 없이 맨얼굴로 남겼다. 친구들이랑 밥 먹으면 화장이 지워질 수도 있으니 칠하지 않았겠다고 유추했다. 딸은 몸을 가만있지 못하고 조금씩 주변을 돌아다녔다. 발도 동동 굴렸다. 아, 바쁜 아이 잡고 있어서 뭐 하겠니. 배웅을 위해 현관문 앞에 섰다.

"일찍 일어나지. 약속이 몇 신데 조급하게 서둘러?"

"오후 1시에요. 지하철 타도 지금 출발하면 아슬아슬하게 도착할 거 같아요."

오후 1시라, 그러고 보니 광화문 광장에 그들이 모이는 시간 역시 오후 1시였다. 방향만 같다면 데려다줄 수 있었다.

"어? 그 시간에 아빠도 가볼 곳 있는데. 혹시 방향 맞으면 같이 갈까? 아빠는 서울로 갈 거야."

"괜찮아요. 잠깐만 볼 거라서요."

딸과 나는 서로 열심히 손을 흔들어주며 배웅했다. 승강기를 타려 몸을 싣는 상태에서 머리카락이 흩날리며 가려졌던 가슴

부근 일부가 드러났다. 검은색 옷을 입고 있었는데 빨간색 무언가 보였다. 옷에 박힌 로고라고 생각하고 가볍게 넘겼다. 나는 출발 전, 문화 보호 카페 여론을 확인하기 위해 스마트폰을 들었다. 카페에 접속하니 광고는 많이 정리된 상태였지만, 여전히 여러 의견 차이로 떠들썩했다. 문화가 인류를 다음으로 이끌 배움이라거나, 문화가 사람을 공격한다니, 인류가 문화의 위에 서야지 반대로 되어서는 안 된다니, 같은 말들. 문화 반대 카페가 폐쇄당하고 이쪽으로 유입된 자들이 꽤 있어 보였다. 당장 카페 검색창에 반대라는 단어만 쳐도 빨간 글씨와 함께 게시글이 수두룩하게 나타났다. 나와 딸을 사칭하면서까지 무슨 말을 하려는 건지, 왜 절에 불을 질렀는지, 정말 광화문을 무너뜨릴 작정인지 확인하고자 지하철을 타고 광화문 광장으로 향했다.

경찰기동대가 광화문 광장을 잔뜩 에워쌌다. 보호구에 비가 맺혔다. 투명한 앞판에도 조금씩 빗물이 묻었다. 빨간 지구를 가슴에 단 사람들은 몽둥이와 방패에 둘러싸였다. 인파가 광장을 가득 채웠다. 밀집되어서인지 이상하게 그 누구도 우산을 쓰고 있지 않았고 대신 비옷을 입었다. 단상이 내 정면에 있어서 뒤돌아있는 문화 반대파 표정을 읽을 순 없었지만, 경찰들 표정은 언뜻 눈에 들어왔다. 진중한 모습은 없고 서로 떠드는 모습이 더 많았다. 정부에서 공권력을 동원하기 시작한 걸 보니 아마도 문화재청에서 이번 사안을 엄중하게 지켜보고 있음을 직감했다. 나는 소란스러운 광장 중앙을 뚫지는 않고, 근처 카페에 들어갔다. 전망이 좋은 창가 자리는 대부분 다른 사람이 차지했다. 3층짜리 건물에 창가 근처 빈자리가 하나도 없을까 싶어 계단을 타고 한 층씩 올라갔다. 옥상 야외 테라스로 가니 자리가 대부분 남아있었다. 비를 맞으면서까지 커피를 마시는 사람은 없었다. 한두 명 있는 사람들은 나처럼 광장으로 몸과 시선을 틀었다. 저 멀리, 급조한 단상 같은 곳에 세 번째 생존자와 비슷한 실루엣을 가진 이가 존재했다. 휠체어를 타고 있어 겨우 알아보았다. 나는 뜨거운 김이 피어오르는 커피와 함께 광화문 광장이 보이는 곳에 앉았다. 엉덩이는 금세 축축해졌고 옷은 생각할 시간도 없이 젖었다. 빗물은 계속 커피 위에 떨어졌다.

광화문 앞으로 다른 행렬이 모습을 드러냈다. 광화문 광장을 가득 채운 이들에 반해 절반 이상 그 수가 적었다. 예고했던 문화 보호파 같았다. 멀어서 숭례문 배지는커녕 얼굴도 눈에 들어오지 않았다. 약속했던 1시를 이제 막 넘겼다. 목을 가다듬는 소리와 함께 광장에 배치된 두 대형 스피커로 말소리가 들렸다. 뒤쪽 전광판에는 마이크를 쥔 세 번째 생존자와 정체 모를 두 사람이 나란히 섰다. 한 명은 남자, 또 다른 한 명은 여자아이였다. 내가 봐도 그들은 우리와 제법 비슷한 느낌을 풍겼다.

"안녕하세요. 여러분께 인사드렸던 세 번째 생존자입니다. 먼저 모여주셔서 감사하다는 말씀 전합니다."

이곳 카페까지 박수 소리가 들렸다. 카페 앞 행인들이 웅성거리며 관심을 가졌다. 경찰기동대가 방패를 가슴까지 끌어올렸다. 다른 기동대원들과는 다르게 경찰 버스로 세운 차 벽 위에 한 인물이 있었다. 그가 귀에 손을 가져다 대고 무어라 말하니 금세 삼엄한 경비 태세를 취했다. 그보다 멀리, 광화문 앞에 오밀조밀 모인 문화 찬성파일 사람들 역시 준비했다. 양옆 사람과 손을 마주 잡고, 광화문을 길게 에워쌌다. 강강술래와 비슷했다. 세 번째 생존자는 단상 위에서 우리를 사칭한 두 남녀를 소개했다. 전광판으로 남녀를 보니 서로 간에 작게 입술을 움직였다. 자기들이 읊을 말을 외우기 위해 혼잣말을 중얼거리지 싶었다. 너무 시간을 많이 끌었다. 쓴맛이 많이 날 거 같던 커피는 빗물에 불어났다. 비를 맞아 살이 오들오들 떨렸다. 더는 지켜볼 수 없을 거 같았다. 세 번째 생존자가 마이크를 두 남녀에게 건넸다. 나는 커피를 받히고 있는 쇠판을 들어다가 머리 위를 가렸다.

"새로운 것을 위해서는 위험한 과거의 것들을 뭉개버려야 할 필요가 있습니다. 박물관 유리창 너머로만 볼 수 있는 청동기 거울 따위가 무슨 소용이 있습니까? 저는 생존자 세 명을 대표해서 여러분께 호소하고 싶습니다."

나를 사칭한 남자가 말했다. 이어 손을 번쩍 들었다. 사람들이 흥분해 소리 질렀다. 단상 아래는 금방이라도 사람에게 달려들 개떼 같은 행태를 한 인간들로 빼곡해졌다. 말 한마디 한마디가 대중의 흥분을 끌어올렸다.

"우리와 함께합시다! 우리는 지금 우리를 비웃듯 광화문 앞에 모인 이들과 말로만 문화재의 중요성을 운운하는 부류에 진실을 보여주고 싶습니다!"

순간 광화문 광장 왼쪽에 대기 중이던 경찰기동대 대열이 흐
트러졌다. 멀어서 상황을 확인할 수 없었다. 스마트폰을 꺼내
카메라 어플을 켜서 할 수 있는 만큼 확대했다. 경찰기동대원
중 일부가 주변 대원을 밀쳐댔다. 그들은 검은 마스크를 쓰고
있었다. 마스크에는 빨간 지구 심볼이 달려있었다.. 이어 광장
기준 오른쪽 대열, 아래위 대열까지 모든 곳에서 소란이 일어
났다. 마찬가지로 빨간 지구가 보였다. 기동대 사이에 갇혔던
문화 반대파가 폭주하여 각 방향으로 달려들었다. 기동대 대열
은 순식간에 무너졌고, 경찰 버스를 줄 지워 세운 벽도 흔들렸
다. 차 벽 위에서 중심을 잡으려 자세를 낮추고 무전을 계속 취
하던 인물은 뒤쪽으로 빠졌다. 기동대원들은 스스로 빠져나가
기 위해 방패로 검은 가면을 쓴 사람들을 밀쳤다. 몸싸움을 벌
인 끝에 그들은 무사히 경찰 버스에 올랐다. 나는 공권력이 이
해할 수 없는 신념에 무너졌음을 두 눈으로 목격했다.

빗발이 약해졌다. 이미 많이 젖어 옷도 더는 축축해질 곳이
없었다. 벌떡 자리에서 일어나다 무언가와 머리를 부딪쳤다.
뒤를 돌아보니 누군가 우산을 내 머리 위로 들고 있었다. 처음
보는 여자였다. 이런 날씨에도 검은 정장을 입었다. 머리는 가
지런히 정돈되었다. 귀티가 흘렀다. 다른 손에는 검은색 가죽
가방을 들었다. 옷이 젖고 비가 약해져서 비를 느끼지 못한 게
아니었다. 그가 비를 막아주었다. 사람을 헷갈렸는가 싶어 기
다려보아도 가지 않고 입꼬리만 올려 미소를 지었다. 어색했

다. 광장에서 다시 마이크를 통해 소리가 울렸다.

"마지막으로 전하고 싶습니다. 경쟁 문화가 촉발했던 전쟁을 생각해 보았으면 합니다. 서로 다른 문화를 가졌기에 일어날 수밖에 없었던 비극을 다시 겪어서는 안 됩니다. 감사합니다."

혼란 속에서 짧은 연설 같은 주장이 끝났다. 문화 반대파는 빠른 속도로 흥분을 가라앉혔다. 줄 지어 세운 경찰 버스를 흔드는 사람이 있으면 자기들이 끌어내릴 정도였다. 쓰레기도 허리를 굽혀가며 주웠다. 잠깐 달아올랐을 뿐, 그들은 매우 차분하고 이성적으로 반응했다. 광화문 앞에서 몸싸움을 대비하던 문화 보호하는 과잉 대응을 해버린 꼴이 되었다. 옆 파라솔 아래서 나와 함께 상황을 지켜보던 한 남자는 경찰기동대가 출동해 아직 죄도 짓지 않은 사람들을 가두었기에 흥분할 수밖에 없었겠구나 하고 판단했다. 이번 싸움의 승리와 여론은 문화 반대파가 유리하게 가져갔다. 옆 사람 말을 들은 우산을 든 여자는 몸을 움찔거렸다. 불편한 곳이 있는지 계속 눈 한쪽을 감았다 뜨길 반복했다.

"우리 어디서 본 적 있던가요?"

내가 묻자 여자는 반대쪽 손으로 스마트폰을 들어 보였다. 카페 대화창이 열려있었다. 대화 상대 이름은 황소, 내가 문화 보호 카페에서 쓰는 이름과 익숙한 대화가 눈에 띄었다. 아, 짧은 추임새와 함께 여자는 문화 보호 카페에서 자기가 쓰는 프로필을 보여주었다. 부운영자 표시를 암시하는 파란색 동그라미가 달렸다.

"설마, 저랑 대화하시던 부운영자예요? 잠깐만. 제가 여기 있는 건 어떻게 알았죠?"

"광화문과 광장이 가장 잘 보이는 카페가 이곳이거든요. 그것보다 황소님은 정말 구별하기 쉬울 정도로 특색 있는 얼굴이시네요. 사진 볼 때부터 찾을 수 있을 거 같았어요."

"저한테 하고 싶은 말이 뭐죠? 단체 대화방에서부터 줄곧 주시하는 느낌이던데."

부운영자가 우산을 내게 건넸다. 나는 일어나 우산을 받아 우리와 하늘 사이를 갈랐다. 작은 우산 아래 두 성인이 있으니 호흡마저 가까웠다. 부운영자가 주머니에서 담뱃갑을 꺼냈다. 피우지도 않았는데 벌써 박하 비슷한 냄새가 품에 갇혔다. 불을 붙이려는데 잘 붙지 않았다. 빗물이 조금 묻어있었다. 마침내 불꽃이 피어났다. 일렁이는 끝머리에 담배 끝을 태우고 입에 물었다. 축축해진 옷에서도 박하 냄새가 난다는 착각이 들었다.

"아래층으로 내려갈까요? 여기는 비가 오는 데."

비가 멎을 생각이 없었다. 일단은 이야기를 나누더라도 실내로 가는 게 맞는 거 같아 여자 뒤를 따랐다. 아래층으로 내려가는 동안 여자는 누군가와 통화했다. 이윽고 내려간 아래층에는 아무도 없었다. 카페에 막 도착했을 때만 해도 자리가 가득 차 있었는데, 공부하기 위해 책을 펼쳐놓았던 사람도, 서로 수다 떨던 두 사람도, 모든 사람이 증발했다. 참, 그런 탄식과 함께 여자가 책상 아래 두었던 우산을 챙겨 옥상으로 올라갔다. 이

내 위에 있던 남자를 1층으로 내려보냈다. 적어도 이곳 2층에
는 나와 눈앞에 여자만 존재했다. 빗물에 잠겨버린 커피도 함
께 들고 와 내 앞에 두었다.

"문제네요. 저희는 피해자인데. 졸지에 가해자로 위치가 바
뀌어버렸으니까요."

"무슨 피해자? 당신이 아들을 잃어봤어, 부모를 잃어봤어, 신
체 일부를 잃어봤어?"

"제가 실수를 했네요. 일단 저희가 하려는 부탁을 요약해 드
릴게요."

여자는 제법 건방졌다. 마치 내가 자신보다 아래에 있다는
마냥 자신이 가지고 있는 요구 사항을 듣는 걸 당연하게 생각
했다. 가죽 가방에서 종이가 여러 장 나왔다. 총 세 묶음으로 이
루어졌는데, 첫 묶음에는 내 이름 황보 현이 대문짝만하게 쓰
였다. 다른 묶음에는 박서아, 마지막으로 가장 두꺼운 서류에
는 신원 미상이라는 단어가 인쇄되었다. 모두 불상 사고 생존
자처럼 보였다. 신원 미상이라는 단어와 서류 더미는 나를 우
습게 만들었다. 얼굴을 다 드러내고 다니는 이의 신원은 알 수
없고, 조용히 숨어 살던 나와 딸의 신상은 완벽하게 정리한 거
같아서.

"저희 쪽 활동가가 경찰기동대에 숨어들어서 소란을 일으킨
틈을 타, 세 번째 생존자가 사용했던 마이크를 확보했어요. 방
금 막 지문 조회까지 마쳤죠. 그런데 같은 지문을 가진 데이터
는 존재하지 않더군요."

"저 혼란을 일으킨 게 당신들이었어?"

내 불만에 대해 여자는 짧게 함축하여 대꾸했다.

"저희 쪽 활동가는 한 명이었어요."

나는 내 이름이 적힌 서류를 낚아챘다. 첫 장부터 주민등록 번호 전체, 주민등록증과 운전면허증에 사용한 정면 사진, 가족 정보가 나왔다. 오랜만에 보는 아내 이름 아래로 자녀 출산 후 사망이라는 사망 사유가 나왔다. 아들 이름 아래도 사망 사유가 있었다. 문화재 테러로 인한 사망. "테러" 조용히 읊조렸다. 다시금 읽었다. 그럴 리 없었다. 모두가 사고라고 말했다. 현장을 정리하던 인부들이, 뉴스에 나와서 입장 발표하던 정부 부처 인사들도, 심지어 대중들까지. 나 역시 그렇게 받아들였다. 정말 한순간에 일어난 일이었고, 나는 누군가에게 미움을 받을 만한 일을 하지 않았으니까. 빗물이 섞여 색이 연해진 커피를 드는데 손이 후들거리며 떨렸다. 거짓말일 수도 있다는 생각이 들었다. 적어도 우리를 비극으로 이끈 불상만은 '사건'이 아닌 '사고'여야 했다.

"하지만 이 사람은 불상에 깔려 다리를 절단했잖아요."

"애초에 진짜 다리였는지, 의족이었는지는 아무도 모릅니다. 그날 불상 주변 모든 CCTV가 1시간 전후로 꺼졌습니다."

"우리 만남은 우연이 아니었나 보군요."

나는 비와 커피가 미묘한 맛을 내는 잔 속 내용물을 바닥으로 뿌렸다. 비어있는 하얀 잔을 나와 여자 중간에서 내려찍었다. 한 서너 차례 찍어대자 금이 가다가 갈라졌다. 마지막으로 내리찍듯 힘껏 우리 사이에 두었다. 여자는 무슨 뜻인지 모른 채 내가 커피를 원하는 줄 알았다. 귀에 낀 무전기로 무어라 속삭이자 1층에서 직원이 올라왔다. 한 손에 쥔 포트를 갈라진 잔에 부었다. 내용물, 초록색 녹차는 잔 끝까지 올라오다가 금이 간 틈새로 흘러나왔다. 녹차가 테이블 위를 흥건하게 만들어갔다. 아무리 채우려고 해도 채울 수 없는 잔. 그것을 내 앞으로 끌고 왔다. 서류 더미는 복사본인지, 여자는 녹차에 젖든 말든 크게 신경 쓰지 않았다. 직원은 채울 수 없는 잔을 뒤로 한 채 여자 수신호에 맞춰 자리를 비켰다.

"서아 양이랑 함께 살기에는 금전적으로 힘들지 않나요? 우리는 당신을 도와드릴 수 있어요."

잔은 그동안 머금었던 모든 녹차를 내뱉었다. 바닥에 살짝 깔린 녹차와 커피 찌꺼기 일부분. 고개를 돌려 창가를 보았다. 바깥에서 내리던 비는 잠잠해졌다. 광화문 광장에서 혼란은 수습되고 사람들은 해산되어 제각기 갈 길을 향해 흩어졌다. 그리고 일부는 우리가 있는 카페 쪽으로 걸어왔다. 문화 보호 단체서 심은 간첩이 저렇게 많을 줄이야. 대충 살펴만 보아도 몇십 명은 거뜬히 넘겼다. 다시 고개를 돌려 여자를 보니 하얀 봉투를 빈 잔 위에 걸쳐놓았다.

"이 정도면 채울 수 없는 잔에 계속 내용물을 부을 수 있을 거예요. 다 떨어져 가면 다시 지원이 올 거고요. 이번 일만 잘되면 서야 양과 당신이 안정을 찾을 때까지 걱정할 건 없지 않을까 해요. 참 그건 그냥 챙기세요. 정부 차원에서 지급하는 위로금 정도입니다."

하얀 봉투는 굉장히 얇았다. 봉투 그 자체처럼 느껴졌다. 입구를 살짝 열어보자 수표 한 장이 보였다. 입구에 입바람을 불어 넣었다. 쉼표 세 개에, 앞부분은 5자 하나. 오백 되는 금액이었다. 최근 들어 생활비가 부족하다는 건 어찌 알고 준비했는지. 혹시 문화재청 포상금이 나를 찾기 위한 유인 글이었나. 봉투에서 수표만 꺼내 주머니에 챙겨 넣었다.

"내가 할 일이 무엇인데 나한테만 부탁하는 거죠? 당신들도 충분히 가능할 거처럼 보이는데. 현장에서 해산되어 이 카페로 들어오는 첩자들 숫자만 해도."

"첩자라뇨? 저희는 앞서 말했듯 한 명만 보냈습니다. 그 외 몇은 광화문을 지키기 위해 앞으로 갔고요. 그리고…"

여자가 내 말을 듣고 무언가 떠올랐다는 듯 황급히 일어났다. 창문에 얼굴이 닿을락 말락 위치까지 갔다. 여전히 사람들은 걸어오고 있었다. 카페를 향해, 우리에게. 여자가 무선 통신으로 자잘한 것들을 속삭였다. 멀리, 카페 계단에서 느껴지는 1층은 소란스러움 그 자체로 변했다. 녹차로 젖은 서류, 신원 미상 파일에서 마지막 장을 펼쳤다. 그에 관한 최근 동향과 함께 예측 동향이 나왔다. 최근 동향에서 읽어버린 절 이름 하나에 주먹을 쥐었다. 잡고 있던 종이 아래쪽이 구겨졌다. 아들 49재를 진행했던 절에서, 49재를 했던 날 그가 있었다고 종이는 전했다.

"당신이 세 번째 생존자와 만나주세요. 저희가 절에서 그들을 만났을 때 그는 다른 생존자를 만나고 싶다고 했어요. 이유는 알 수 없지만, 아마도 해할 의사는 없었으니 괜찮을 거예요."

"아마도? 추측이네요? 혹시나 죽을 고비라도 처하면 당신이 절 구할 수 있나요?"

"네. 초반에 저쪽으로 섞여 든 원로 회원 몇 명이 있어서 그렇게 위험하진 않을 거예요. 이걸 참고하세요. 그럼."

더 질문할 새 없이, 여자는 서류 더미를 챙겼다. 그러더니 신원 미상 서류 묶음에서 최근 동향과 예측 동향이 나와 있는 마지막 장만 따로 찢어내 내게 건넸다. 내가 종이를 받자마자 귀에 낀 이어폰으로 무전을 취하며 3층으로 뛰어 올라갔다. 정돈되고 절제된 몸짓이 인상 깊었다. 바깥을 보자 언제부턴가 몰려든 문화 반대파가 직원들에게 제지받아 카페 앞에 머무르고 있었다. 여자가 완전히 3층으로 올라가 자취를 감추었다. 언제 이곳에 있었냐는 마냥, 앉아있어 따뜻해진 의자 빼고는 어떠한 흔적도 남지 않았다. 그들이 입장하기 시작했다. 나는 내 앞에 있는 신원 미상 마지막 장을 챙겼다. 문화 반대파로 추측되는 사람들이 2층에도 찾아왔다. 이제 카페는 다른 신념을 띄웠다.

비옷을 벗어 바닥 한구석에 놔둔 이들이 내게 눈길을 힐끔 흘겼다. 내가 앉은 자리가 광화문 광장이 가장 눈에 잘 들어왔다. 어쩌면 나를 너머 광장을 보았을지도. 언제 그랬냐는 듯 광장은 제 모습을 되찾았다. 나는 경계할 필요가 없었다. 그들은 다시 그들만의 신념을 주고받으며 정의를 운운했다. 믿기 어려운 말도 함께 꺼냈다. 신원 미상의 예측 동향을 아무리 눈으로 읽으려 해도 들어오지 않았다. 번져나가는 그들만의 정의가 지구 한 바퀴를 벌써 다 돌았으리라고는 상상도 못 했으니.

"그러니까, 그것이 연설하는 동안 교회 여러 곳이 무너졌다며?"

"맞아. 그중에서도 엄청난 교회가 하나 섞여 있지. 우루과이에 위치한 공학자 엘라디오 디에스테의 작품 아틀란티다 교회! 최근에 유네스코 세계문화유산으로 선정된 곳!"

신원 미상의 서류를 뒤집어 놓고 스마트폰으로 아틀란티다 교회에 관해 검색했다. 해당 문화재는 문화유산 법과 규정 시행령에 따른 국가사적 기념물 지정을 통해 보호하고 있었다. 실시간 뉴스에 들어가니 처참하게 붕괴되어 빨간색 벽돌 조각만 나도는 현장이 기사 사진으로 계속 나왔다. 현지 특파원이 실시간으로 썼는지 오타가 많았다. 몇 오타는 보고 있는 도중에도 교정되었고, 수정 시간은 금방 현재로 바뀌었다.

[검은 가면을 쓴 괴한들이 나타나 건물에 돌팔매를 던졌습니다. 이윽고 산업용 철구를 단 중장비가 나타나 그대로 교회 건물을 향해 휘둘렀습니다.]

주민들이 적어 사상자는 없었다. 현장을 목격하고도 막지 못했다. 곧이어 뉴스 속보란에 다양한 문화재 이름들이 떠올랐다. 일본 도쿄 타워 붕괴, 사상자 발생. 터키 아야 소피아 성당, 화재로 인해 대피. 이집트 피라미드, 괴한의 페인트 테러. 영국 빅 벤 시계탑, 자동차 연속 추돌로 붕괴 위기. 속보가 통일되지 않고 가지각색에 난잡했다. 세 번째 생존자, 단 한 사람이 가진 정의가 세상을 무너뜨리고 있었다. 눈을 감았다 뜰 때면 속보가 새로 올라왔다. 현재까지 총 네 국가, 문화재 네 곳만 피해 사례로 나왔다. 큭큭, 곳곳에서 웃음이 들렸다. 소리가 난 방향에는 역시나 세계 소식을 보고 있었다. 그들은 자신을 승리자로 생각했을 것이다. 아직은 소수이지만, 이들이 더욱 늘어나면 세계가 어떤 마지막을 맞이할지 뻔했다. 짐승, 그 자체가 되어버릴 테다. 문화 보호파가 항상 옳다고 볼 순 없지만, 적어도 일본 도쿄 타워 붕괴에서 사상자가 발생했다는 사실을 알게 된 이상 그를 찾아야 했다. 책임을 물을 것이다. 우리를 비극으로 이끈 일을 다시 행하는 이유 역시 물을 것이다. 납득 시키지 못한다면 그때 본격적으로 문화 보호파 한 축이 되어 유산들을 지킬 것이다. 똑같은 비극을 되풀이하지 않기 위해서, 더해 인류는 인류로서 남아야 하기에.

세 번째 생존자가 다음으로 향할 곳이라고 설명한 곳은 한식당이었다. 식당 위치를 검색했다. 작고 허름한 외관에 지도로 보니 국내 최대 도축장 김해에 있었다. 선짓국을 전문으로, 각종 고기류를 싸게 팔았다. 속보가 계속 올라오다 못해 재난문자까지 도착했다. 테러 위협에 대비해 당분간 외출을 자제하라는 내용을 담았다. 어째서 일반 시민이 그들을 피해 다녀야만 하는지 납득할 수 없었다. 어찌 보면 피해자가 가해자를 만나지 않도록 조심하라는 내용 아닌가? 내용을 이해할 순 있었어도 감정만은 따라오지 않았다. 광기에 휩싸여 축하 분위기인 카페에서 김해로 가는 가장 빠른 방법을 찾아보았다. 김포공항에서 김해공항으로 가는 1시간 뒤 비행기가 있었다. 그들은 그들만이 정의라고 판단해 자신들과 다른 이들을 적으로 돌렸다. 왜 그런 판단을 내렸냐고 누가 묻는다면 나를 쳐다보는 표정을 예로 들 것이다. 모두 하나 같이 끼고 있는 빨간 지구 심볼 배지를 끼지 않은 탓인지 기분 나쁜 눈빛으로 쳐다보았다. 나는 김포공항으로 가기 위해 카페에서 벗어났다. 택시를 타고 김포공항에 도착해 가장 빠른 시간대 표를 끊었다.

수속을 밟고 비행기를 기다리는 동안 테러가 더 일어났는지 확인했다. 속보에 뜬 나라와 문화재는 변함없었다. 비행기가 준비되었다는 안내 방송과 함께 탑승구에서 탑승이 시작되었다. 탑승권을 보여주고 비행기 내로 들어가는데 지금까지와는 다른 속보에 멈춰 섰다. 탑승교 한구석에 붙어서 속보를 읽었다. 상황이 대한민국에 매우 나쁘게 흘렀다. 대부분 나라에서 비자 발급을 중단했다. 세 번째 생존자를 테러 원인으로 지목했다. 속보를 한참 읽는데 누군가의 그림자가 내게 드리웠다. 위를 올려다보니 문화 보호과 여자와 마찬가지로 정장을 차려입은 한 남자가 있었다. 쭈그려 앉은 내게 작게 속삭였다.

"여기는 광신도가 많으니 자연스럽게 행동하시죠."

누구냐고 크게 소리 지르려다 주변 시선이 전부 내게로 향하고 있었음을 깨닫고 남자를 따라 기체 내부로 움직였다. 내 자리는 창가 자리였다. 창 너머로는 날개가 보였다. 양옆 두 좌석, 중간 세 좌석으로 이루어진 총 가로 칠 열짜리 좌석에서 우연인지 운명인지 내게 조언을 했던 남자가 옆에 앉았다. 그는 제법 덩치가 커서 몸 일부가 내 좌석 쪽으로 튀어나왔다. 우리는 어쩔 수 없이 몸을 맞댔다.

"선배님께 이야기는 들었습니다. 황소씨를 보조하기 위해 파견된 고래라고 합니다."

"황소고 고래고 자시고. 나 또 미행당한 거예요? 비행기 탈 건 어째 알고 옆자리 잡았어요? 이젠 끼칠 소름도 없네."

"일단 남인 척 행동하시죠. 이곳 승무원 몇 명도 배지 차고 있습니다."

그 말에 승무원 복장을 살펴보니 정말로 빨간 지구가 옷 사이나 허리춤에 감춰놓듯 달려있었다. 비행기가 이륙하기 시작했다. 김포에서 출발해 아마도 중부 지방을 지날 즘 딸을 혼자 두고 온 게 떠올랐다. 서둘러 전화를 걸어보려 했으나 이륙한 지 한참이라 기내에서 전화를 함부로 걸어볼 수도 없었다. 혹시나 자신을 고래라고 소개한 덩치 큰 남자에게 딸과 관련해 도움을 받을 수 있을까 싶어 조용히 물어보았다. 처음에는 목소리를 너무 낮춰 남자가 알아듣지 못했다. 승무원이 멀어졌을 때 겨우 내용을 전달했다. 알아듣고 난 후 그는 비행기에서 내려 팀에게 전하겠다고 속삭였다. 비행기에서 내려서 처리할 거면 내가 했지. 투덜거리자 남자는 못 들은 척 정면을 보았다. 앞사람 좌석에 붙은 모니터 속 비행기는 이제 경상남도 근처 상공을 지나 김해에 근접했다. 그때 누군가 어, 하고 창밖을 보며 소리 질렀다. 놀란 사람들이 따라 바깥을 보았다. 반대편에 있는 사람들은 무슨 일인가 싶어 고개만 갸우뚱거리다가 이내 일어나서는 우리 쪽으로 몰려왔다. 아수라장이 되었다. 무심히 창문 밖을 보았다. 큰 화재가 일어나 검은 연기가 일었다. 테러다. 모니터 지도를 보았다. 어떤 문화재인지는 알아내지 못했다.

고래는 비행기에서 내리자마자 팀이라고 부르는 대상에게 연락했다. 상황을 설명하면서 가끔은 뒤돌아서 내가 잘 따라오고 있는지 살폈다. 나는 스마트폰 비행기 모드를 끄고 바로 딸에게 전화했다. 신호가 몇 번 가다가 말았다. 연락이 되지 않았다. 나는 문자 메시지로 늦을 거 같다는 말과 함께 하늘을 보았다. 오후 4시인데도 벌써 어두워져 갔다. 공항에서 내려 김해 경전철을 타고 김해 시내로 들어갔다. 화재가 어디서 난 것인지 확인하기 위해 스마트폰에 경상남도 화재와 같은 단어를 쳤으나 검색되는 기사는 존재하지 않았다. 아직 이슈가 되지 않았거나, 일반적인 화재였는지도 몰랐다. 이동하면서 인기척이 느껴졌다. 뒤를 쳐다보니 고래가 조용히 따라왔다. 어느새 도축장에 도착했다. 피비린내와 고기 잡내가 섞여서 났다. 나는 식당이 있다는 도축장 중심으로 고래와 함께 발걸음을 옮겼다.

식당이라는 건물 앞에 도착해놓고 몇 번이나 헤맸다. 간판이라고는 없이, 양쪽에서 열리는 불투명한 문 하나만 달려있었다. 처음 오는 사람은 식당이라고 생각조차 못 할 꼴을 갖췄다. 문을 열고 들어가자 선짓국 냄새와 함께 허기가 졌다. 식당 안을 살폈다. 사람이 북적거렸다. 겉보기와는 달랐다. 빈자리라고는 식탁 하나와 의자 두 개가 남았다. 그곳에 앉으니 곧이어 직원 겸 사장으로 보이는 나이대가 지긋한 할머니가 나왔다. 선짓국 하나를 주문하니 선짓국 단어와 작대기 하나를 그은 흰

종이를 식탁에 두고 부엌으로 들어갔다. 뒤이어 고래가 들어왔다. 그는 꽉 찬 자리 속 사람들 얼굴을 살피며 식사하러 온 사람처럼 능청스레 연기했다. 아이고, 자리가 다 차버렸네, 같은 말들로. 고래 말에 부엌에서 할머니가 나와 내게 물었다.

"혹시 합석도 상관 없는교?"

가볍게 고개를 끄덕이자 고래를 내 자리 앞으로 불렀다. 우리는 자연스레 같은 자리에 앉았다. 고래 눈을 쳐다보았다. 마치 신호를 주듯 검은자를 오른쪽으로 가리켰다. 오른쪽으로 눈동자만 돌려 보니 자리 건너고 건너에 익숙한 실루엣이 눈에 들어왔다. 나는 익숙한 실루엣으로 식사하는 자의 관심을 끌기 위해 고래를 이용했다.

"혹시 그쪽은 오늘 뉴스 봤습니까? 곳곳이 테러로 난리던데."

테러, 말이 나오자마자 자리에 앉아있던 모든 사람이 일어났다. 자세히 보니 위치는 제각기였지만, 어쨌든 상의에 빨간 지구 심볼 배지를 달았다. 순간 실수했음을 깨달았다. 모든 이가 일어나자 고래는 조용히 젓가락을 흉기 잡듯 쥐었다. 내 말 한마디에 건너고 건너 자리에 있던 익숙한 그 사람마저 일어났다. 세 번째 생존자였다. 손잡이만 밀면 앞으로 가는 전동 휠체어를 끌고 내 앞까지 왔다. 모든 사람이 나를 향해 위험한 눈길을 보냈다.

"당신은 왜 그 일이 테러라고 생각합니까? 저는 인류를 쇠퇴하고 위험한 잔재로부터 해방하는 혁명이라 생각합니다."

"왜냐고? 내가 첫 번째 생존자니까. 당신이 나를 만나길 원한다고 하던데?"

첫 번째 생존자라는 말에 잠깐 멈칫하더니 손잡이 쥔 손을 내게 펼쳤다. 손짓은 마치 악수를 요구하는 것 같았다. 나는 의도대로 맞잡았다. 우리가 손을 잡고 흔들며 일말의 위험 따위는 없애자 여기 있던 모두의 긴장이 풀렸다. 다들 자리에 앉았다. 고래 역시 쥐었던 젓가락을 놓았다. 때마침 부엌에서 주문했던 선짓국 두 개가 나왔다. 나와 고래 앞에 놓인 선짓국에는 소 피를 굳혀 만든 선지가 떠다녔다. 세 번째 생존자는 선짓국을 잠깐 보고는 수저통에서 젓가락을 꺼냈다. 끝부분으로 선지 하나를 찍어 꺼냈다. 선짓국 국물이 젓가락을 타고 흘러내렸다. 마치 선지가 내뿜는 피 같았다. 꼬치 만들 듯 내 선짓국 안에 있던 모든 선지를 젓가락에 끼웠다. 굵고 덩어리진 선지는 젓가락을 전부 통과해 세 번째 생존자 손과 닿았다.

"인간이 무엇이길래 동물의 살점과 가죽, 심지어 피까지 다 요리해다가 먹는지 압니까? 지금 인류는 너무 야만적인 문화를 가졌다고, 단 한 번이라도 고민해 본 적 있습니까?"세 번째 생존자가 선지를 꽂은 젓가락을 바닥으로 팽개쳤다. 고래 눈치를 살폈다. 계속 말을 이어가라는 듯 선짓국에 밥을 말았다. 말은 끝나지 않았다는 마냥 계속해서 떠들었다. 조금은 흥분해 보였다.

"인류는 위험하고 이기적인 문화를 너무 당연하게 생각하더군요. 저는 그런 것들에게서 벗어나고자 합니다."

"벗어나면 무엇이 되는 거지? 우리 그 자체를 부정하면 우리에게 남는 건 무엇이냐는 말이지."

"개강아지."

순간 내게 욕하는 줄 알고 선짓국 그릇을 잡았다. 다행히 그에게 선짓국을 쏟아부을 일은 없었다.

"고양이는 소중하고, 소 돼지는 아무것도 아닌 가축 그 자체라고 누가 정의 내렸습니까? 아직도 우리가 하는 게 그저 테러 따위로 보입니까?"

나는 물었다. 왜 나를 사칭하면서도 만나고 싶어 했는지. 역시나 그는 불상 이야기를 꺼냈다. 불상 "사고"를 언급하며 내게 되물었다.

"불상이 무너지고 아들을 잃었다고 들었습니다. 그때 무슨 생각을 했습니까?"

"부처가 미워졌지. 근데 잠깐뿐이었어. 불상을 지을 당시에 누가 무너질 용도로 지었을까? 그럼 나도 질문 하나만 하지. 넌 정체가…"

세 번째 생존자가 무엇인지 알고자 했지만, 고래는 가만히 보고만 있지 않았다. 자신들 정보가 상대에 새어나가는 걸 무척 경계했다. 그러나 그들 역시 정보력은 약하지 않았다. 자신들과 같은 정의를 가진 사람들 도움이라면 정보는 금세 모을 수 있는 것이었다. 마치 고래가 무엇을 위해 내 앞에서 이른 저녁 식사를 하고 있는가를 아는 것처럼. 고래, 고래. 푸른 바다를 뛰어다니는 고래. 지금은 작은 수족관에 갇힌 신세에 불과했다. 그것도 수많은 만물의 정점이 쳐다보는 상황에서. 자신

도 언제 숨통이 끊겨 살과 가죽을 분리하여 피까지 빠질지 알
수 없는 운명이었다. 그렇기에 어느 순간보다 신중한 그가 부
자연스레 젓가락을 떨어뜨렸다. 의도적이라는 게 한눈에 보였
다. 행위는 새 젓가락을 쥐어서, 자연스레 흉기를 만들기 위함.
세 번째 생존자가 굳이 고래가 꺼냈던 수저통에서 젓가락을 한
쌍 더 꺼냈다. 보란 듯이 손가락 사이를 타고 이리저리 돌려댔
다. 무슨 말을 할지 뜸을 들이는 건 덤으로.

"그러니까. 우리 이야기에 고래 씨는 끼지 않았으면 합니다.
그건 당신도 마찬가지 아닌가요?"

암호명을 들킨 고래는 젓가락을 세 번째 생존자 눈앞까지 들
이댔다. 안경과 젓가락이 부딪쳐 작지만 딱, 하고 유리 특유의
경쾌한 소리가 가게를 휘감았다. 가게 내부 모든 이들이 일어
나 우리에게 달려들었다. 여전히 젓가락은 손에서 놓지 않은
채 고래는 세 번째 생존자를 구석으로 끌었다. 휠체어에서 끌
려진 이후로 그는 무기력하게 고래가 움직이는 방향대로 움직
였다. 벽을 등에 기대어 누구도 뒤에서 공격 못 하는 상태, 젓가
락이 세 번째 생존자 목을 겨누었다. 제법 날카로워 살점 따위
는 쉽게 뚫게 생겼다. 선택의 실수라고 하던가? 하반신을 움직
이지 못하는 인질은 오히려 상황에 독이 되었다. 계속 아래로
늘어지려 하는 바람에 인질 관리에도 힘이 들어갔으므로. 목에
팔이 감긴 채 콜록거리며 기침을 연신 해대면서도 세 번째 생
존자는 말을 이어가려 애썼다. 내게 삿대질을 하며, 약간은 공
포에 절였다.

"불상에 깔렸을 때 기분을 다시금 느끼네요… 저는 그때 지금과 같은 개념을 계속 생각했습니다… 죽음…"

"고래 씨, 적어도 목은 그만 졸라도 되지 않을까요? 젓가락이 아니라 팔로 사람을 죽이게 생겼는데."

고래는 여전히 묵묵부답으로 상황만 살폈다. 내 뒤로 몇 명이나 되는 문화 반대파가 노려다 보고 있었을지. 한참을 고민하던 끝에 내게 전했다. 휠체어를 발로 차라고. 나는 옆에 있던 전동 휠체어의 고정 장치를 풀고 두 사람이 있는 곳까지 밀었다. 굴러간 휠체어는 턱없이 부족한 거리에 멈춰 섰다. 두 사람이 움직이면 문화 반대파가 달려들지도 몰라, 휠체어를 밀 생각으로 주변 이들을 보았다.

"밀지 않고 뭐해? 그것이 죽게 둘 생각이야?"

바로 뒤에서 강력한 어조로 나를 재촉했다. 멀어진 휠체어로 걸어가는데, 세 번째 생존자 얼굴이 전보다 더 붉어졌다. 호흡이 어려운지 고래의 두꺼운 팔도 손으로 여러 차례 두드렸다. 물론 미동도 없지만. 문화 보호파 여자가 말했던 것과 다르게, 그는 영락없는 일반인 꼴이었다. 다른 곳에서는 어떨지 몰라도, 적어도 죽음 앞에서는. 정말 지금까지의 테러를 휠체어 없이는 한없이 무력한 남자가 이끌었는지, 단순히 광신도들이 저들끼리 믿음을 보여주기 위해 준비한 광기였는지, 확신을 갖기에는 편협한 사고만이 남아야 했다. 휠체어를 끌어가자 고래는 세 번째 생존자를 앉힌 후 목을 감싸던 팔은 풀되, 여전히 젓가락을 목에서 떼지 않았다. 오히려 목을 감쌌던 팔 쪽에 젓가락을 새로 들어 안경 앞에 가져댔다.

"저는 당신과 이야기하고 싶을 뿐인데, 동행하신 분이 까다롭네요."

그는 불편한 듯 졸렸던 목 앞부분을 여러 차례 만져댔다. 목젖 부근도 한참 동안 쓸었다.

"문화재가 중요하다고 하셨죠? 그러면 하나만 물어도 되겠습니까?"

나는 자신 있었다. 그가 무슨 질문을 하든 간에. 다만 세 번째 생존자, 자기에 대한 연민을 자극하는 질문만 아니었다면 뭐든. 고개를 끄덕였다. 고래는 여전히 많은 이들을 견제하기 위해 신경을 곤두세웠다. 미묘한 기 싸움 사이에서 우리는 이야기를 나누었다.

"가나의 문화재 이름 하나만 대보십시오. 가능하다면 고래 씨에게도 답을 듣고 싶습니다."

"그게 지금 상황에 무엇이 중요하지? 겨우 그런 걸 묻기 위해 첫 번째 생존자를 만나고 싶다고 한 것인가?"

"그냥 모른다고 하시는 게 어떻습니까. 하하."

세 번째 생존자가 기분 나쁘게 웃었다. 자극받은 고래는 젓가락 끝으로 안경을 여러 차례 찔렀다. 깨지지 않을 정도로만, 그러나 언제 눈이 찔릴지 모를 공포에 질리도록. 누가 정의이며, 누가 불의인지 구별하는 게 가당키나 한지. 고래와 나의 공통점이라고 하면 하나밖에 남지 않은 거 같다. 문화재를 지켜야 한다는 생각. 물론 나는 인류가 인류로 남기 위해서라는 명목 아래. 인류가 인류로 남는다는 건 무엇일까. 과거의 역사와 전통이 가진 맥을 이어 후대에 전하는 것. 그럼 왜 전하는 것일까. 그것들로부터 배울 게 있으니까. 인류가 인류로서 살아왔다는 증거들. 그리고 또 다른 이유. 더는 문화재 테러로 인한 사상자를 만들지 않기 위해. 다만 서로 지키려는 방식은 너무 달랐다. 폭력에 물든 자를 따라 맞지도 않는 폭력을 휘두를 필요는 없었다.

"함께 하시겠습니까? 곧 새로운 세상이 찾아올 겁니다."

다시금 그는 내게 한 손을 뻗었다. 고래와 세 번째 생존자를 번갈아 보았다. 피사체를 잡지 못한 동공이 몇 차례나 떨렸을까. 나는 뻗은 손을 손바닥으로 힘껏 후렸다. 그와는 갈 길이 다르다는 걸 분명히 구분하기 위해서.

"나는 당신과 함께 할 일 없어. 생각 자체가 다르니까. 그것뿐만이 아니지. 도쿄 타워가 붕괴하면서 사상자가 발생했다던데 나는 나와 같은 사람들이 생기는 걸 원치 않아."

"우리는 사상자를 만들지 않습니다. 그 부분은 제가 믿는 사람을 일본에 보내 확인해 보도록 하겠습니다."

"그뿐만 아니지. 지문도 없고, 신원도 알 수 없는 당신을 뭘 믿고?"

"지문이 없다고요? 신원도 없고? 그게 무슨?"

세 번째 생존자가 그동안 축 늘어뜨렸던 양손으로 고래 손을 붙잡았다. 체격 싸움부터 되지 않아 금방 밀릴 테지만, 아등바등 제 나름 발버둥 쳤다. 그 틈에 문화 반대파가 달려왔다. 제압은 쉽게 되었지만, 달려든 그들을 미처 막지 못했다. 고래는 나를 이끌고 가게 출입문까지 달렸다. 나와 세 번째 생존자는 서로 반대 거리에서 서로를 마주 보았다.

"고래 씨, 당신들이 제 신원을 삭제한 겁니까? 뭐, 당신들이 이렇게 물어도 답해줄 사람들은 아니고. 어쨌든 첫 번째 생존자 씨. 행운을 빕니다. 참고하라고 말하는 건데, 국내 기준으로만 인구수 절반만큼 배지가 팔렸습니다. 알고 계십시오."

우리는 가게를 나왔다. 주머니 속 세 번째 생존자 프로 파일 마지막 장을 제멋대로 구겼다. 동그랗게 만들어 바닥에 던졌다. 가게에서 멀어지고 한참 뒤, 도축장 서쪽 출입구에서 바깥 세상으로 발을 떼던 순간, 폭발음이 들렸다. 펑, 펑, 펑. 세 차례에 걸쳐서 폭발했다. 뒤를 돌아보니 도축장 중간쯤 되는 곳이 터졌다. 발자국 수를 되짚어보면 선짓국 가게였음을 짐작했다. 곧이어 이곳은 혼돈 그 자체로 변했다. 가게 곳곳이 폭발과 함께 불탔다. 출입구에서 보아도 벌써 다섯 가게 이상이 피해를 보았다. 언제 신고를 했는지, 우리 뒤로 소방차와 폭발물 해체반으로 추측되는 군인들이 몰려왔다. 그들은 터져나가는 도축장 안으로 들어갔다. 가는 중간에도 양옆에 있는 가게들이 연쇄적으로 폭발해서 진입하던 소방관과 군인들이 멈칫거릴 정도였다. 죽어가는 생명들이 울부짖었다. 그들은 이미 죽어있는 생명들을 뒤로한 채, 자신의 안위를 챙겼다. 손에는 죽어있는 생명의 피를 잔뜩 묻힌 채, 살려달라는 모습이 그토록 위선적일 수는 없었다. 고래는 어디론가 전화를 걸었다. 얼핏 듣기로 그는 일본을 언급했다, 아마도 세 번째 생존자가 했던 말을 의식했을지도. 전화를 끊고 나를 공항으로 이끌었다.

공항에 도착했다. 고래는 내게 국내선 표를 건넸다. 김포행 표. 표 두 장을 들었는데 색깔이 달랐다. 아마도 다른 한 장은 일본으로 가는 표였을 테다. 나는 김포행 표를 받아들고 물었다.

"나는 그러면 세 번째 생존자를 설득하는 데 실패한 건가요?"

"그렇진 않죠. 아마 인터넷 카페 대화방으로 선배님이 이야기해 주실 겁니다."

고래는 비행기 시간이 여유로운지 국내선 탑승 수속하는 곳 앞까지 동행했다. 공항을 둘러보며 지나가는 사람들을 언뜻 살피는데 많은 사람이 가슴에 빨간 지구 심볼 배지를 달고 있음을 확인했다. 인구수 절반만큼 팔렸다는 말이 거짓은 아닌 듯싶었다. 해가 저무는 시간, 인류가 만들어낸 찬란한 불빛은 잊었던 무언가를 떠올리기 좋았다. 무엇을 잊어버렸던가, 목적이나 목표 따위를 표방하는 것. 비행기에서 내려서 딸에게 연락하려 해놓고 까먹었음을 상기했다. 비행기 탑승 전, 딸에게 전화를 걸었다. 신호는 여러 차례 흘렀지만, 연결은 실패했다. 순간 걱정했다. 광장 근처를 지나가다가 혼란스러운 상황에 섞여든 건 아닌가. 이미 고래는 부탁을 잊어먹었는지, 딸과 관련해서는 말 한마디 하지 않았다. 집으로 되도록 빨리 돌아가는 수밖에 없었다. 고래가 손에 든 빨간색 여권이 아른거렸다. 우리가 흔히 쓰는 초록색 여권과는 적어도 결이 달랐다. 비행기가 도착했다는 안내 방송이 공항에 울렸다. 여권에 관하여 넌지시 화제를 돌렸다.

"일본에 간다고 일본 여권을 쓰나 보네요. 비자 발급 중단 때문인가?"

"아, 외교관 여권입니다. 일본 쪽에서 넘어오지 못하고 있는 인간문화재 한 분을 모셔 와야 해서 급하게 가게 되었습니다."

인간문화재 한 분을 모셔 온다고는 했지만, 세 번째 생존자가 보낸다는 이를 견제하기 위함도 어렴풋이 있다는 생각을 떨칠 수 없었다. 김포행 비행기 탑승을 시작했다. 사람들이 승무원 앞에 일렬로 줄 섰다. 제아무리 강한 폭력이라 할지라도 나를 위해 잠깐 헌신했던 만큼 마지막 말은 작별 인사 겸 안부 인사로 마무리했다.

"고래, 푸른 바다를 헤엄치는 고래… 일본은 포경이 한창이라던데, 아무쪼록 조심히 돌아오길 바랄게요."

뒤를 돌아도 거대한 고래 그림자는 머물렀다. 한 걸음 한 걸음을 떼어 멀어지는 순간까지도 뒤에서 느껴지던 인기척과 함께. 그를 볼 수 있는 마지막 위치에서 나지막이 고개를 들었으나 그는 사라지고 난 뒤였다.

비행기에 올라타니 이번에도 창 옆자리였다. 이번에는 문화 보호파에서 배치한 인원이 없는지 옆자리에 앉아 자연스레 말을 걸어오는 사람은 없었다. 비행기 이륙 전까지 옆좌석은 공석으로 남았다. 혹여나 하는 마음으로 빈자리를 채울 사람을 기다렸다. 이륙 시작까지 비었다. 활주로를 달리려 방향을 트는 비행기. 전자기기를 비행기 모드로 바꾸어달라는 승무원 요청에 따라 스마트폰 비행기 모드를 켰다. 순간 카페 대화방 특유의 알림음과 함께 채팅이 도착했다. 부운영자가 보낸 개인 채팅. 고래와의 만남은 어땠는지를 물으며 딸에 대해 이야기했다.

[서아 양은 부모를 봉안했던 수목장에서 몇십 분 전 발견했습니다. 그전에는 서울에 있던 것으로 판단됩니다. 집으로 가는 버스를 탔던데 계속 쫓아갈까요?]

기내 와이파이가 정상적이지 않아 대화가 이어지지 않았다. 나는 초조해 다리를 떨어대며 어서 김포로 도착하길 빌었다. 활주로를 달리다가 상공을 향해 떠올랐다. 김해와 부산에 깔린 건물들이 손톱보다 작아졌다. 본격적으로 멀어지기 시작했을 때, 김해 중심부 어딘가에서 뿌연 먼지가 올랐다. 스마트폰 카메라로 그곳을 확대해 살폈다. 건물 단층 정도 되는 길이의 동상 같은 것이 바닥으로 엎어졌다. 얼굴이 보이지 않는, 검은 마스크를 쓴 것으로 추측되는 이들이 그 주변을 둘러쌌다. 곧이어 여러 곳에서 동시다발적으로 뿌연 모래 연기가 일었다. 확인해 보려 카메라 렌즈를 돌렸으나, 비행기가 높이 떠올라 더는 작은 스마트폰 따위로는 담아내지 못했다.

김포공항에 내려 서울역으로 향하는 공항 철도에 몸을 실었다. 딸에게 다시 전화했으나 여전히 받지 않았다. 수목장을 찾아갔다니… 아직 그리워 하구나, 우리 만남 이전의 삶을. 친부모 빈자리가 만들어낸 공허를 제대로 채워주지 못한 잘못이다. 아들과 살아, 이 비극을 겪지 못했대도 나는 아내 부탁처럼 좋은 아빠가 되지 못했겠어. 죽고 나서야, 사라지고 말아야, 그때야 알게 되는 인간의 슬픔은 마치, 이별만이 모든 것이라는 듯. 뇌를 꺼낼 수 있다면 꺼내어, 하얀 천에 감쌀 수 있다면 싸서, 파랗게 얼려보고, 빨갛게 태워보며. 하얀 천이 색깔을 모두 잃었을 때, 아무것도 들지 않은 뇌를 다시 머리에 넣고, 그렇게 모든 번뇌에서 벗어나 살고 싶다. 그러나 그럴 순 없다. 나는 인간이자, 살아남은 자. 과거를 기억하고 괴로움을 간직하는 것이야말로 인간이 할 수 있는 모든 것이기에.

카페 대화방에 들어가니 비행기 모드로 해놔 수신하지 못했던 대화를 수신했다. 나와 세 번째 생존자가 나눈 대화는 고래를 통해 전달되었는지, 내용을 이미 다 파악하고 있었다.

[카페에 문화 반대파가 많이 섞여 들었습니다. 스팸 게시글을 올리며 카페가 정지 받도록 유도하고 있습니다. 그에 따라 국립중앙박물관과 경복궁을 거점으로 대면 위주 활동으로 바뀔 겁니다.]

나는 시간이 제법 지난 마지막 대화에 물꼬를 틀었다.

[내가 문화 반대파에 합류하지 않을 거라는 확신이 있어 보이네요.]

보내자마자 답장이 도착했다. 속독 그 자체였다.

[네. 우리는 당신을 놓치지 않을 겁니다. 첫 사고에서 살아남은 생존자가 우리 편이라는 점은 대단한 의미를 담고 있으니까요.]

부운영자가 보낸 대화를 올려 보았다. 포스터가 하나 있었는데, 국립중앙박물관과 경복궁의 자세한 만남 장소와 고정 시간대를 안내했다. 경복궁 일요일 오전 10시, 국립중앙박물관 수요일 오후 3시. 아래 그려진 작은 도면은 국립중앙박물관 호수에 작은 화살표를, 경복궁 경회루 연못에 마찬가지로 작은 화살표를 그려 넣었다. 빨간색 궁서체 폰트로 중요 사항이라며 아래 덧붙였다.

 -국립중앙박물관과 경복궁 내부에서는 일반인과의 구별을 위해 숭례문 배지를 필수로 달고 다닐 것.

 누구나 살 수 있는 것 아닌가, 심지어 문화 반대파마저 마음먹으면. 그런 생각으로 숭례문 배지 배포 게시글을 검색해 보니 게시글은 정상적으로 열리나 이어지는 신청 링크가 막혀 있음을 확인했다. 포스터를 스마트폰에 저장하고 부 운영자에게 질문하려는 순간 안내창이 화면을 가득 채웠다. 하얀 느낌표를 노란 삼각형이 감싼 형태가 문장 앞에. 이용이 정지된 카페라는 문구가 떴다. 조금만 늦었으면 포스터는커녕 아무것도 알지 못한 채로 어느 편에도 붙지 못하는 신세로 전락할 뻔했다. 정신 팔린 사이 서울역에 도착했다. 기차역으로 올라가니 이제는 제법 주류가 되어버린 빨간 지구 심볼 배지를 찬 사람들이 용지를 나누어주었다. 아마도 같은 내용을 담았으리라 싶은 종이가 기차역 벽면 곳곳에도 붙어 있었다. 한 장 건네주러 내게 다가오는 문화 반대파를 피했다. 내 나름 자연스러우려고 노력했으나 어쩌면 부자연스러웠을지도 모르는 뻣뻣한 몸짓과 함께 한쪽 벽면으로 다가갔다. 벽면에 붙은 종이 내용을 읽었다.

 파란색과 초록색을 휘날린 지구 배경. 지구 위에는 다양한 동물들이 그려졌다. 소, 돼지, 강아지, 사자, 호랑이. 그 외에도 동물 백과를 살펴보아야만 종류를 완전히 구별할 수 있을 법한 동물도 있었다. 사이에 사람도 있었다. 아니, 원숭이였는지도. 두 종을 구분하기 어려울 정도로 작았다. 양쪽 상단에는 재활용 가능 용지라는 말과 함께 빨간 지구 심볼이 사진으로 박혔다. 빨간 지구와 정중앙에 그려진 파란색과 초록색의 조화가 어울린 지구는 서로 이질감을 자아냈다. 빨간 지구를 볼 때면 불타는 절이 떠올랐다. 불길에 잡아먹힌 지구, 생명이 꺼져 가다. 정중앙에 그려진 지구 아래로 그들이 밀고 가는 문장이 있었다. [인류가 쌓아 올린 업적이 인류를 위협합니다. 인류 다음은 지구입니다. 문화에서 탈피하기 위해 힘을 모아야 할 때입니다] 세 번째 생존자를 만났을 때 물어야 했다. 문화는 과거와 현재를 모두 담고 있는데, 당신들이 없애려는 것은 과거인지 현재인지를. 어차피 과거가 지워지면 현재는 갈 길을 잃는다지만.

서울역 앞에 있던 기념비가 부서진 채 방치되었다. 몇 년 전 큰 국제적 축제 성공을 축하하는 기념으로 제작했다. 부서진 기념비에도 지나가는 사람들은 눈길만 흘기고 발은 여전히 자신들이 가는 곳을 향해 부지런히 움직였다. 그것은 현재를 위해 만들어졌는데도 파괴했다. 그들은 과거 현재 할 것 없이 문화와 관련된 모든 것을 깨고 부실 작정이었다. 무엇이 그들을 분노토록 만들었는지 모르겠다. 애초부터 갖고 있던 분노를 세 번째 생존자라는 핑곗거리를 앞세워 부수는 게 아닐까 싶을 정도로 대한민국은 빠른 속도로 망가졌다. 지금도 망가지고 있었다. 바로 앞 경찰서가 화염병에 불타오르는 모습을 보니. 언제 몰려들었는지 알 수 없는 문화 반대파가 검은 가면을 쓰고 경찰서 앞에 모였다.

"그 누구도 우리를 판단할 수 없다. 경찰과 검사, 판사. 그 모든 건 소수만이 누리는 권력일 뿐이다."

저녁 식사를 위해 경찰관이 많이들 자리를 비운 틈을 탔다. 검은 가면 옆에는 소방관이나 입을 법한 방화복을 입은 이들도 있었다. 화염병이 건물을 금세 붉게 물들였다. 방화복을 입은 이들이 건물 안으로 진입했다. 잠시 후 연기를 많이 마셔 위급한 사람들과 함께 나왔다. 주변에 구급차 여러 대가 달려왔다. 스마트폰이 진동했다. 주변 사람들 모두 진동을 느꼈는지 스마트폰을 꺼냈다. 재난 안내 문자가 도착했다. [계엄령 선포. 국민 여러분께서는 테러 현장에서 벗어나 집 안에서 정부의 권고에 따르시길 바랍니다] 주변이 시끄러워졌다. 나는 어서 집으로 돌아가기 위해 지하철로 이동했다. 집으로 가는 내내 혼란스러웠다.

나갈 때만 해도 서재 문을 열고 나갔는데 지금은 굳게 달혔다. 딸이 돌아온 모양이었다. 인기척을 느꼈는지 서재 문이 열리며 딸이 나왔다. 반갑게 맞이하며 내게 조잘거리며 말했다. 가만 듣고 있으니 쓸데없는 말이었다. 이유는 모르겠으나, 딸은 약간 흥분했다. 계엄령이 선포되어 우리 집 앞으로도 탱크 몇 대가 지나갔다. 강한 진동이 공사할 때처럼 느껴졌다. 탱크를 처음 보는지 무척 신나 했다. 아무리 보아도 들떠 있는 이유를 알 수 없었다. 저녁 역시 먹고 왔다면서, 친구들과 대화하기 위해 방문을 닫고 싶다고 했다. 그러라고 말하니 곧바로 뛰어가서는 문을 닫았다. 털썩, 하고 침대 위로 뛰어드는 소리가 났다.

계엄령으로 시끄러울 줄 알았으나, 다음 날이 되어도 뉴스는 조용했다. 언론이 통제되고 있음을 직감했다. 일요일, 경복궁에서 문화 보호파를 만나기로 한 날이었지만, 계엄령 선포로 나가기 껄끄러웠다. 시간은 오전 9시 20분. 10시까지 얼마 남지 않았다. 바깥은 멈춘 공사 현장과 텅 빈 도로가 전부였다. 드물게 군인들이 나타났다 사라지기를 반복했다. 통제된 언론, 그러나 현대에는 언론이 전부가 아니었다. 불상 사고 당시 우리를 기록하던 매체들처럼. 국내 사이트를 먼저 들어갔으나, 검열이 존재하는지 현재 상태에 관한 내용은 일절 알 수 없었다. 국내 사이트가 아닌 해외에 본사를 두고 있는 사이트나 플랫폼을 찾아다녔다. 계엄령에 관한 여론이 등장했다. 대체로 부정적이었다. 몇 글이 기억에 계속 남았다.

[국가가 현재 살아있는 국민들은 죽이고 과거의 것을 지키기 위해 목메었네.]

[단순히 테러인 줄 알았는데, 사상자는 거의 없더라.]

젊은 이, 그러니까 딸 또래가 많이 쓰는 SNS에도 접속했다. 아들과의 기록을 남기려고 유행을 타서 만들었다. 내 계정에는 아직 아들과 찍은 동영상과 사진이 지워지지 않았다. 아들이 칭찬을 받았다거나, 좋은 일을 겪었다며 늘어놓은 자랑을 정리해 메모한 글도 보였다. 잠깐 추억에 잠겨 있던 새 시간이 몇십 분 스쳐 갔다. 추천 목록과 인기 순위, 실시간, 이라는 항목에 들어갔다. 계엄령 선포 이후 생겨난 문화 반대파도 많이 존재했다. #오늘부터, #우리는. 실시간 해시태그 1순위, 2순위를 장식했다. 초등학생으로 보이는 아이들이 가슴에 빨간 지구 심볼 배지를 달았다. 그러고는 집에 걸려 있는 모작 액자를 불태우며 깔깔 웃어댔다. 부모가 제지하지 않고 있나 싶어 영상을 가만 들여다보고 있으면 촬영자가 부모인 경우도 종종 존재했다. 모작 액자를 태우는 행위에 관해 얼마나 이해하고 있는지 궁금했다. 그저 단순히 유행을 탈 줄 아는 아이로 보이기 위한 과시를 드러내는 경향이 더 커 보였다. 뭐, 크게 상관있으려나. 아이들이 아니라도, 현대를 살아가는 이라면 대부분 군중에 섞여 들기 위해 배척을 마다하지 않는걸.

많은 사이트를 돌아다녔는데, 긍정적인 반응은 거의 없다시피 했다. 문화 보호파가 만들었던 카페를 이어간다는 명목 아래 만들어진 사이트에서 겨우 계엄령에 찬성하는 말을 볼 수 있었다.

[국가는 국가의 재산을 보호할 권리가 있어요.]

그마저도 글이 몇 개 없었다. 새로 고침을 몇 번씩이나 눌렀는데 겨우 하나 새로 떴다. 제목이 흥미로웠다. 현직 군인입니다. 프로필 사진을 보니 부사관 계급장을 메인으로 올렸다. 게시글 내용에도 자신이 부사관임을 인증하는 사진을 함께 올렸다. 군대 전용 인트라넷 접속 컴퓨터와 손가락으로 플랫폼에서 사용하는 이름을 쓴 종이를 들었다. 그는 설명했다. 현재 상황은 국가에게 절망적인 수준에 이르렀다고. 징병 된 의무 복무

자들 중 문화 반대파와 같은 사상을 가진 이들이 많아 이들을 진압하는 데도 어려움이 있다고 토로했다. 오늘 아침에는 실제로 복무자 3명이 명령 불복종 사유로 영창에 구금되었음을 알렸다. 사실상 계엄령에 관한 여론이 좋지 않은 상태인데 군 내부에서까지 말썽이라면 유리한 건 문화 반대파였다. 계엄령 해제는 물론이고 문화재 파괴에 힘이 실릴 수 있는 지경에 이르렀다.

오전 10시가 되자 스마트폰이 울렸다. 어제 포스터를 보고 경복궁에 가고자 맞춰놓은 알람이었다. 길거리를 돌아다니는 군인이 신경 쓰여서 멋대로 경복궁까지 갈 수가 없었다. 저 군인들이 문화 반대 사상을 가졌는지, 문화 보호 사상을 지녔는지 알 방도가 없는 노릇이니 차라리 집에서 계엄령 해제를 기다리는 게 속 편했다. 아마, 나 혼자 그렇게 생각했는지도 모르겠다. 알람을 끈 줄 알았는데 다시 울려 확인하니 전화가 오고 있었다. 연락처에 저장되지 않은, 정체 모를 곳으로부터 걸려왔다. 딸은 집에 있었고, 내가 신경 쓰고 걱정해야 할 사람은 오직 딸아이 한 명뿐이었다. 한참을 생각하다 전화를 받았다. 익숙한 목소리, 부운영자 같았다.

"오늘 경복궁에서 모임 있는 날인데 바쁘신가요?"

"아뇨, 그건 아니고. 군인들이 깔려 있어서 함부로 움직이기 어렵군요."

"장교들 쪽으로 문화재청에서 전달한 공지 사항이 안내되었을 거예요. 숭례문 배지를 그들에게 보여주면 경복궁까지 이동을 도와줄 겁니다."

기억나지 않는 외투 가슴에 달았던 숭례문 배지를 찾고자 거실 옷장을 뒤졌다. 정작 배지는 거실 곳곳을 한참 뒤진 후에야 서랍장 어느 깊은 곳에서 찾아냈다. 창밖으로 머리를 내밀고 군인들을 살폈다. 12층은 계급장을 읽어내기 어려운 층수에 해당했다. 스마트폰 카메라를 확대하고 확대해 계급장이 구별되는 거리까지 이르렀다. 상병 계급장 두 명, 일병, 이병 각각 한 명씩. 그리고 소위 한 명으로 이루어진 총 다섯 명의 군인이 아파트 근처에서 헤맸다. 나는 소위 위치를 확인하고 그가 공사 현장과 아파트 사이에서 아파트 쪽으로 가까워지는 순간 현관을 나가 승강기를 눌렀다. 딸은 자고 있어 따로 깨워서 설명하지 않았다. 승강기는 1층에서 곧장 우리 층까지 올라왔다. 승강기를 타고 내려가자 가장 가까운 위치에서 모습을 드러낸 계급장은 작대기 두 개였다. 계엄령 선포 상황이라 할지라도, 나는 테러리스트가 아닌 일반 국민. 더 자세히 말하자면 문화재청과 연관되어있는 상태. 허리를 꼿꼿하게 펴고 나를 노려다 보는 의무 복무병들을 지나 소위 앞에 섰다. 어떤 말도 필요 없이, 숭례문 배지만을 들어 보였다. 소위가 숭례문 배지를 들고 가 이리저리 확인해 보더니 돌려주고는 근처 차에서 쉬고 있는 운전병을 불렀다. 운전병이 차를 끌고 오자 내리게 한 후 자신이 운전석에 올라탔다. 나는 명령에 따라 반대쪽 자리에 앉았다. 소위는 남은 이들에게 테러리스트가 보이면 통신병을 통해 연락하라며 시동을 걸었다. 시동 소리에 묻혀 잘 들리지 않았지만,

얼핏 이상한 혼잣말이 들렸다. 듣고 나서 팔에 닭살이 돋았다.

"찾았다."

누가 한 말인지 찾기 위해 네 사람을 번갈아 가며 살폈으나 다들 모른 척 시침 뗐다.

우리는 경비가 삼엄해진 도로를 가로질렀다. 언제 생겼는지 모를 검문소도 지났다. 소위는 군기가 바짝 들어서는 어떤 질문도 없이 서울을 향해 달렸다. 서울로 들어가는 길목에도 검문소가 생겼다. 주민등록증을 챙기지 않아 안절부절못하고 있었으나, 지금과 같은 상황에서 주민등록증 따위는 혼란을 야기하는 증서 따위로 전락했다. 주민등록증에는 문화에 관한 사상이 나와 있지 않으니까. 숭례문 배지는 철갑처럼 견고해 보이는 차단막을 단숨에 무력화시켰다. 검문소를 지키는 군인들 계급은 대부분 이병에서 병장까지, 의무 복무자밖에 없었는데, 정말 검문이 되는지 의문이 들었다.

서울은 전쟁터를 연상시킬 정도로 엉망진창이다 못해 한 나라의 수도라 보기 어려울 정도로 처참했다. 어떤 건물에는 총까지 쏘았는지 총탄 자국이 박혔다. 도시 곳곳에 세워진 차량은 불타다 연소 되어버린 것들과 폭발한 것들, 멀쩡한 듯 보이지만 어딘가 부서진 곳이 있는 것들로 나뉘었다. 이를테면 총알이나 돌멩이가 뚫고 지나간 듯 깨진 창문이나 외형에 생긴 구멍들. 차들의 무덤을 지나 서울 중심부로 향할수록 도시 상태는 절망적이었다. 머리 위에서 날아다니는 헬기는 기체 몸밖으로 기관총 끝머리를 내밀었다. 펑, 큰 폭발음이 들렸다. 타고 있던 군용 차량이 순간 들썩였다. 거친 바람이 화약 냄새를 싣고 우리를 밀었다. 화약 냄새가 나는 곳에는 예술의 전당이 있었다. 머리 위에서 시끄럽게 날아다니던 헬기는 곧장 바람을 역으로 거슬러 예술의 전당을 향해 날아갔다. 한남대교를 타고 얼마 지나지 않아 광화문이 가시거리에 들어왔다. 계엄령이 선포된 지 만 하루도 지나지 않았는데, 복구가 어려울 지경에 이르렀다. 내가 말하는 복구란 도시 상태도 물론이거니와 민심도 포함된 말이다.

광화문 앞에 군인들이 잔뜩 깔렸다. 지금까지 지나온 길에서 본 군인들 숫자 중 압도적으로 많은 숫자였다. 나는 숭례문 배지를 가슴 왼쪽에 차고 군용 차량에서 내렸다. 이목이 군복을 입지 않은 내게로 쏠렸다. 가슴을 향하는 눈동자도 의식되었다. 광화문 앞을 서성이던 영관급 장교 한 명이 다가와 나를 경복궁 안으로 들여보내 주었다. 포스터에 표시되어 있던 대로 경회루를 향해 걸어갔다. 경회루에 도착했으나 문화 보호파로 보이는 이들은 어느 곳에도 존재하지 않았다. 경회루 위에도, 경회루 주변에도. 포스터를 열어 다시 살폈다. 화살표는 경회루, 정확히는 경회루 연못을 표시했음을 다시 확인했으나, 연못일 리 없다는 고정관념에 가득 매여 경회루 위를 올라가 보기로 마음먹었다. 경회루 계단을 밟고 연회장을 향해 올라갔다. 역시 아무도 없었다. 압도적인 수 차이에 포기한 건가. 경회루에서 내려가는데 연못 위로 뽀글거리며 거품이 몇 방울씩 올라와서 터졌다. 잠시 기다리니 다시 거품이 몇 방울씩 올라왔다. 연못 아래를 자세히 살폈다. 깊은 수심 아래 사람들이 있었다. 정확히는 투명한 방울 같은 것이 감싼 새로운 공간이 존재했다. 위치는 알았으나 합류할 방법이 마땅히 떠오르지 않았다. 그래서 선택한 방법은. 손을 연못에 넣고 마구 휘저었다. 철썩거리며 마구잡이로 흔들었다.

누군가 내 존재를 알아차렸는지 하늘을 향해 손가락을 가리켰다. 이윽고 한 여자가 투명한 공간 지퍼를 열고 연못 안으로 나왔다. 나를 향해 헤엄치며 오는데 잠수복을 입고 있어 얼굴을 알아볼 수 없었다. 마침내 만나게 된 문화 보호파 사람이 경복궁 건물 중 한 채에 들어갔다. 다시 나왔을 때는 잠수복을 들었다. 나는 잠수복을 입고 여자를 따라 연못 깊은 곳으로 헤엄쳤다. 바다와 맞닿은 깊은 곳. 지퍼를 열고 투명한 공간으로 들어왔다. 여과기 같은 장치가 이곳 물과 이산화탄소를 지속적으로 빼내고 산소를 채워 넣어 잠수복을 벗어도 된다고 말했다. 산소통으로 보이는 것이 한구석에 잔뜩 쌓였다. 나를 데려온 사람과 함께 잠수복을 벗었다. 부운영자였다. 그는 가볍게 아는체하며 손을 흔들어 보였다. 여럿이 둘러앉을 수 있는 둥근 테이블, 의자 대여섯 개. 산소통 여러 개. 투명한 바닥 아래로 보이는 모래들. 우리 주변을 가득 둘러싼 연못물. 문화 보호파는 서로에 대한 소개 없이 계속 말을 이어갔다. 어쩌면 나를 제외한 모두는 서로를 이미 아는 사이 같아 보였다.

"국립중앙박물관이랑 경복궁 일대를 제외하면 소멸 직전이야. 내가 말했지, 계엄령은 너무 섣부른 판단이라고."

부운영자가 말했다. 여자 셋, 남자 둘. 남자는 토론회에서 보았던 문화재 보호원과 문화재 관련 학과 교수. 아, 나까지 남자는 총 세 명이었고, 여자는 부운영자 외에는 매체 같은 데서도 보지 못한 생전 처음 보는 얼굴이었다.

"계엄령을 선포해서 경복궁 일대가 지켜진 걸 수도 있죠. 그것이 연설할 때 광화문 지키고 있는 우리에게 보란 듯이 도발하던 거 잊었어요?"

문화재 보호원이 흥분해서는 거칠게 호흡하며 말을 이었다. 산소통에 표시된 산소가 바닥까지 얼마 남지 않았다. 거친 호흡에 산소통 산소가 더 빨리 닳는 느낌이 들었다. 잠깐 산소통을 갈자는 말과 함께 부운영자가 숨을 참으라고 했다. 혹시 몰라 손으로 입과 코를 전부 막았다. 산소통은 돌려서 빼고 새것을 다시 돌려서 끼웠다. 사라졌던 산소가 다시 채워졌다.

"소식은 들었어요? 프랑스랑 중국은 시위가 한창이라던데. 이탈리아는 피사의 사탑이 무너져 내린 후 상황이 우리나라랑 비슷해요. 어제 속보로 나왔던 국가들 전 국토가 테러로 들썩인 데요."

"아니 왜 인간들이 폭발, 테러 따위에 둔하지? 옛것만 골라 터뜨리는 것도 아니고, 최근 준공된 것 중에서도 문화재 등록될 거 같다는 건 죄다 터뜨리고 있는데?"

단발에 키가 우리 중에 가장 작아 성인이라고는 보이지 않는 앳된 여자가 말하자 교수가 윽박지르듯 분통을 터뜨렸다. 분위기가 굳어지고 앳된 여자는 금세 침울해졌다. 자기가 말하면 꼭 뒤에 토를 단다며 중얼거렸다. 이곳에 있는 사람들 얼굴을 익히려 눈치를 살피다 말았다. 어차피 숭례문 배지 하나면 서로를 알아볼 수 있었으니까. 이상하게 이 분위기에 휩쓸리지 못하고 나는 따돌려졌다. 딱히 나에 관한 소개도, 그렇다고 그들에 관한 소개도 들을 수 없었다. 상황이 답답하다며 교수가 주머니에서 담배 한 갑을 꺼냈다. 흰 담배 하나를 입에 물고 습관처럼 불을 붙이려다 주변을 둘러보고서 멈칫거렸다. 투명한 막 아래, 물속 갇힌 상태. 그가 담배를 반으로 갈랐다.

　부운영자가 우리를 등지는 방향으로 섰다. 이내 손가락에 낀 반지를 두 번 살짝 쳤다. 투박스러운 반지 위로 홀로그램이 나타났다. 세계 지도가 펼쳐졌다. 말로만 설명하던 그들은 본격적으로 상황을 정리해 나갔다. 홀로그램으로 펼친 지도를 확대했다. 전 세계 현황이 나왔다. 곧이어 각 지도에 그려진 국가 중 일부 국가에서 사람이 등장했다. 동양인, 서양인. 내가 보기에는 각 국가 문화재청 비슷한 역할을 하는 기구 담당자들처럼 보였다. 부운영자가 대한민국 상황을 설명하며 초토화된 서울 사진을 각자에게 전송했다. 한국어로 말하고 있었지만, 자동으로 번역되어 우리 쪽 홀로그램에도 영어로 자막이 나왔다. 지도상 일본 국토에서 띄워졌던 한 남자가 홀로그램 반 정도를 가렸다. 말을 하는 화자 상태가 되면 화면을 채우며 커졌다. 일본어로 말했지만, 한글로 자동 번역되어 화면 아래 자막으로 떴다.

　[전국 곳곳에 세워진 신사가 사제 폭탄으로 전소 직전입니

다. 전에 제안했던 대로 인간문화재 몇 분을 유네스코 본부 측으로 보내려고 했으나…]

[일본 측으로 파견 보낸 코드 고래가 연락 두절 상태입니다. 우리 쪽에서 보낼 수 있는 인원이 더는 없습니다.]

고래와 연락이 끊기다니. 그러면 어떻게 되는 거지, 조용히 속삭였는데 주변에 들린 모양이었다. 안경집에서 안경을 꺼내며 정리 중이던 단발 여자가 말했다.

"최초 48시간 이후부터는 사망으로 처리돼요."

바로 엊그제만 해도 함께하던 사람의 생사를 확인할 수 없다는 말은 제법 충격이었다. 단발 여자가 내게 안경을 건넸다. 안경 렌즈가 푸른 빛을 띠웠다. 여기 있는 사람 중 그 누구도 안경을 쓰지 않지만, 인원만큼 개수가 준비되어 있었다. 홀로그램 속에서 말하는 사람은 일본인과 같은 동양인으로 바뀌었다. 위치는 중국으로 보였다. 자막이 빠른 속도로 넘어갔다. 자국 언어를 자국민이 읽지 못할 정도로. 부운영자는 고개를 계속 끄덕이면서 호응했다. 홀로그램 속 타국 인원들도 중국인 말에 집중했다.

[우리 정부는 이번 문화재 테러를 환영하는 눈치입니다. 오히려 이 상황을 이용해 문화를 포함해 전체적인 부분을 재편하려는 움직임도 보입니다. 게다가 신원이 등록되지 않은 인구도 있어서 대응이 어렵습니다.]

부운영자가 세계 곳곳 상황을 확인하는 동안 이곳 인원들은 전달받은 안경을 꼈다. 나도 눈치껏 그들을 따라 행동했다. 단발 여자는 자신이 안경을 나누어주었지만, 왜 나누어주는지는 모르는 눈치였다. 부운영자는 끼지 않는 건가 싶어서 그를 보니 이미 끼고 있었다. 홀로그램을 훔쳐보니 세계 곳곳에 있는 문화재 보호 사상을 가진 인물 모두가 우리와 똑같이 생긴 안경을 꼈다. 검은색 뿔테에 안경다리 부분이 굵다는 특징을 가졌다. 이번에는 프랑스에서 화상 창이 확대되더니 서양인이 나왔다. 그는 우리에게 안경을 써야 하는 이유를 설명했다.

[유네스코 본부에서 문화재를 보존할 수 없다면 기록으로라도 남기라는 지침이 내려왔습니다. 해당 안경은 녹음, 녹화, 좌표를 저장할 수 있는 장치로서, 여러분은 아직 보존되어 있는 문화재를 기록해 주시면 됩니다.]

홀로그램 속 인원들을 제외한 모든 이가 나를 응시했다. 한창 홀로그램 자막에 집중하다가 전화가 오는 걸 미처 인지하지 못했다. 딸에게서 온 전화였다. 방해가 되지 않게 투명한 막 입구 구석에서 전화를 받았다. 딸이 조곤조곤 말했다. 마치 누군가 들을까 봐 조심하는 눈치였다.

"아빠, 누가 현관문 초인종 누르길래 보니까 아무도 없는 거야. 그래서 걸쇠 걸고 확인했더니 휠체어 탄 세… 아니, 그. 그러니까…"

"천천히 말해봐. 걸쇠를 걸고 확인했는데 휠체…어…?"

순간 휠체어를 타고 젓가락으로 위협당하던 세 번째 생존자가 생생하게 그려졌다. 군인이 나지막이 읊던 찾았다라는 말이 계속 맴돌았다. 환청이 들릴 지경에 이르렀다. 스마트폰 너머에서 딸에게 말을 건네는 누군가의 목소리가 들려왔다. 바스락 거리며 스피커가 무언가와 스치더니 잠잠해졌다. 딸에게 말하려는 순간 딸이 아닌 누군가 말했다. 목소리는 기억을 더듬어 세 번째 생존자와 식당을 상기시켰다.

"안녕하세요. 이렇게 둘이서 이야기를 나누는 건 이틀 만이네요."

"당신, 원하는 게 뭐야. 계엄령이 선포된 상황에서 얼굴이 다 알려진 당신이 우리 집은 어떻게 찾아온 거고?"

"집으로 와줄 수 있습니까? 부탁하고 싶은 게 있습니다. 아 그리고 계엄령은…"

문화재 보호원이 홀로그램 속 누군가에게 버럭 대들었다.

"계엄령을 해제한다니요! 지금 상황에서 해제하면 정말 끝입니다!"

"군인들이 제대로 통제가 되지 않으니 어쩔 수 없다네. 일단 자네들 맡은 임무에 충실하게나."

흥분한 상태를 막아보려 애쓰는 자들. 부운영자 역시 그를 말리느라 홀로그램이 이리저리 흔들리는 것 따위는 신경 쓰지 않았다. 홀로그램으로 소통하는 이들은 흔들리는 시선에 우리를 빼고 서로 이야기를 나누었다. 딸에게 걸려 온 전화를 끊지 못하고 있다가 곧 갈 테니 남자를 들이지 말라고 전했다. 이곳 인원을 전부 믿지는 못했기에 문화재 보호원을 진정시키고 한숨 돌리고 있는 부 운영자에게 갔다. 조용히 상황의 절반을 전달했다. 딸이 갑자기 나를 찾는다는 말. 그러자 부운영자가 주머니에서 작은 배지 하나를 꺼냈다. 빨간 지구 심볼 배지였다. 왜 그가 그것을 가졌는지 알 수 없었지만, 믿을 사람을 잘못 골랐다는 후회가 뇌리를 스쳤다. 아주 잠깐의 착각, 그가 빨간 지구 심볼 배지를 건네며 조심하라고 안부를 전했다. 수요일 날 국립중앙박물관에서 보자는 말과 함께. 나는 구석에 처박혀있는 잠수복을 입고 경회루 연못에서 빠져나왔다.

경복궁 앞은 계엄령 해제로 빠져나가는 군인들 행렬이 한창이었다. 사라지는 군인 수는 다시 숨어있던 사람들이 채워나갔다. 정확히는 빨간 지구 심볼 배지를 달고 있는 문화 반대파들이지만. 그들은 승리를 자축하며 사람들이 없는 빈 건물들을 향해 발길질을 갈기거나, 준비해 온 물건들을 던지는 등 폭주했다. 부운영자가 주었던 빨간 지구 심볼 배지를 가슴에 달았다. 조심하라는 말이 이제야 이해되었다. 나는 받았던 안경을 끼고 오른쪽 안경다리 부분을 매만졌다. 아마도 녹화, 녹음, 좌표를 동시에 저장하는 단추가 있던 것으로 기억하는데. 몇 번 만지다가 미묘하게 결이 다른 부분이 닿았다. 눌렀다. 순간 안경 엔드피스 부분이 찰나 반짝였다가 빛이 멎었다. 녹화와 녹음이 엔드피스 부분에서 이루어지는 듯싶었다. 무너져 가는 문화재들. 그것이 아니더라도 무너지는 대한민국을 작은 안경에 담아내며 서울을 벗어날 준비를 서둘렀다.

지하철과 기차는 운행이 중단되어 파손된 차량 중 멀쩡한 것을 찾거나 걷는 수밖에 없었다. 지구의 종말을 맞이하면 이런 모습일까. 곳곳이 불타오르고 부서진 것들의 환영. 그것들을 가로지르다가 오토바이 한 대를 발견했다. 열쇠가 꽂혀 있었다. 시동을 거니 정상적으로 걸렸다. 기름도 충분했다. 시야에 들어온 주유소란 주유소는 모두 폭발하여 불타오르거나 연소한 상태여서 걱정이 많았다. 곧바로 시동을 걸고 문화 반대파를 피해 집으로 달렸다.

아파트 앞에 대충 오토바이를 세워놓고 열쇠만 따로 챙겼다. 멈춘 차량들로 길들이 너무 좁아져 오토바이가 필요했다. 승강기를 기다렸다. 아무리 기다려도 꼭대기 20층에서 내려올 생각이 없어 비상계단을 타고 뛰었다. 10층에서 한계를 느껴 계단에 털썩 엎어졌다. 숨이 턱 막혀 가슴이 답답했다. 기어오르듯 팔까지 엉기적거리며 겨우 12층에 도달했다. 비상계단 출입문을 열자 세 번째 생존자는커녕 그가 타고 다니는 휠체어도 코빼기조차 보이지 않았다. 돌아갔구나 싶어 안심하며 현관문 비밀번호를 눌렀다. 문을 천천히 열어젖히는데 안쪽에서 대화 소리가 언뜻 들렸다. 곧장 신발을 벗고 집 안으로 들어가니 거실에 휠체어가 덩그러니 놓였다. 소리가 들리는 서재 쪽으로 이동했다. 세 번째 생존자가 그곳에 있었다. 의족을 차기 어려울 정도로 제멋대로 절단된 다리가 가장 먼저 눈에 들어왔다.

"아, 아빠… 왔어?"

딸에게 실망했다. 어려운 부탁도 아니었다. 모르는 사람을 들여보내지 말라는 부탁이 그리도 어려운 거였나. 딸에게 역정을 내는 건 나중에. 우선 그에게 무엇을 원하는지 물었다. 그러자 대뜸 뒤뚱거리며 침대에서 내려오더니 머리를 조아렸다. 나는 이해할 수 없어 눈 한쪽을 비비다가 펼쳐진 똑같은 상황에 얼굴을 쓸어내렸다.

"제가 바라던 모습과 사람들의 행동이 너무 다릅니다. 서울에서는 무엇이든 가리지 않고 무너뜨리고 있고, 일본에서는 저를 추종한다는 사람들이 사상자를 만들어냈습니다. 전 세계가 그렇습니다. 첫 번째 생존자, 당신의 도움이 너무 간절합니다."

그는 금방이라도 울 것 같은 표정으로 도움을 청했다. 그러나 내가 보기에 세 번째 생존자, 그가 바라는 모습은 지금과 다를 바가 없어 보였다. 도축장을 불바다로 만들던 날을 생각하면 두 부류는 같은 존재다. 거절하기 위해 손을 흔들었다. 참, 안경 녹화를 끄지 않았다. 그가 머리를 조아린 모습이 문화 보호파에게 넘어갈 것을 생각하니 곤란했다. 몰래 문화 반대파와 접촉하고 있던 것 아니냐 해도 할 말이 없는 장면이었다. 급하게 안경 옆 단추를 눌러 녹화를 껐다. 내가 거절하자 달리 붙잡지 않고 받아들였다. 나는 거실에 있는 휠체어를 끌고 와 세 번째 생존자 앞에 놓았다. 버둥거리며 올라타려는 세 번째 생존자를 보고 딸이 팔을 잡아주며 도왔다. 휠체어가 거실을 향해 굴러갔다. 바깥에서 묻어온 때와 먼지 같은 것이 집 안에 바퀴 자국으로 남았다. 딸이 휠체어 뒤쪽 손잡이 부분을 잡았다.

"아빠, 제가 데려다주고 올게요."

"안 돼, 그게 누군 줄 알고."

"나쁜 사람은 무릎 꿇고 자기 잘못을 받아들일 줄 몰라요."

딸이 휠체어를 끌고 밖으로 나갔다. 바닥을 보니 바퀴 자국

위에 딸 발자국이 찍혔다. 현관문 중앙 외시경으로 두 사람을 확인했다. 들리지 않는 말들을 주고받았다. 함께 승강기에 올라타 내려갔다. 뒤쫓아 가려다 창문으로 확인만 했다. 승강기 내부에서 이야기를 나누었을 이상 내가 할 수 있는 건 더 없었다. 지상에서 두 사람이 헤어지기까지 무슨 말이 오갔는지 궁금해 미칠 지경이었다. 나는 찜찜해졌고, 한편으로는 초조해졌다. 두 번째 생존자라는 상징이 주는 의미는 제법 컸기 때문에. 승강기 올라오는 소리가 매섭게 느껴졌다. 속도감 있게 12층에 도달해서는 달랑 딸아이만 내려다 놓고 1층으로 내려갔다. 현관문이 열리고 태연하게 들어오는 딸. 어떤 말을 해야 할지 모르겠고, 아니. 애초에 말을 섞어도 되는지 확신이 들지 않아. 마음이 착잡했다. 딸은 신발을 벗고 부엌과 서재 사이 벽에 붙어 있는 거실 식탁에 앉았다.

"도움을 주는 게 그리 어려워요? 도움이 필요한 사람이 없는 무릎까지 꿇어가며 그렇게 부탁하는데도요?"

"넌 몰라, 지금 상황도, 우리가 하는 노력도."

"노력이요? 문화재 지킴이? 우리도 세 번째 생존자처럼 잃은 게 하나씩 있어요. 근데 뭐가 좋다고 문화재를 보호하겠다고 같은 아픔을 가진 사람까지 적으로 돌려요?"

딸은 그가 세 번째 생존자임을 알고 있었다. 그러니까 허락도 없이 문을 열어주었겠지. 중요한 건 그게 아니다. 언제부터 알았는가. 나는 오늘 알았으리라 믿었다. 내가 문화재를 위해 활동하고 있다는 사실이라던가, 아픔이라는 어휘를 사용한 딸의 문장. 세 번째 생존자가 문을 열어달라고 애원하며 자기 신세를 처량하게 나누었겠지. 동정심은 그 어느 감정보다 상대를 현혹하기 쉬운 감정인 걸 난 알고 있다.

"아빠는 우리와 같은 사람들이 생기지 않았으면 해서 노력하는 거야. 그 남자가 너한테는 다른 식으로 설명한 게 분명하네."

"아빠! 우리와 같은 사람들은 이제 생기지 않아요. 오히려 아빠처럼… 종이 쪼가리에 불과한 위패를 구하겠다고 불길에 뛰어드는 행동이 저를 혼자로 남겼을지 모를 일이에요!"

그런 말을 듣게 되리라고는 전혀 예상하지 못했기에 그 충격은 배로 닿았다. 관계의 재고, 그런 말을 언뜻 꺼냈다. 곧 입양과 관련한 서류가 마무리될 차례였지만, 테러로 죽 쓰지 못하는 상황. 우리 관계를 지탱하는 무게는 가벼웠다. 둘 중 한 명이라도 원하지 않는다면 금방이라도 정리할 수 있을 정도로. 우리를 묶어줄 서류상의 문장 따위도 없었다. 친자식처럼 품으려고 노력했던 아이에게 그런 말을 들어 착잡했다. 그러나 불상이 무너지지 않았다면 존재조차 몰랐을 사람인 데다, 과거로 다시 돌아간다고 해도 위패를 포기하진 않았을 거다. 모든 감정을 끌어다가 내게 되넣을수록 아픈 말을 내뱉었다. 딸에게는 미안하다는 감정만 들었다. 오히려 나 자신에게 답답하고 화를 내고 싶었다. 미안해. 앞으로는 신경 쓸게, 그런 말밖에 할 수 없는 내가 초라했다.

정부는 일요일 밤을 기점으로 계엄령을 완전히 해제했다. 이후 일은 알지 못했다. 서울을 포함해 각 도시에서 일어나는 일을 접할 수 있는 유일한 수단, 인터넷이 완전히 차단되었다. 계엄령이 해제된 이상, 이건 정부 쪽에서 관여한 일이 아닌, 문화 반대파 테러 대상에 기지국이 있었음을 고려해야 했다. 이 난리에 학교가 정상 수업을 할까 싶었는데, 월요일 등교 시간이 되자마자 노란 등교 버스가 아파트 앞에 멈춰 있었다. 물론 나는 학교에 가는 걸 반대하고 집에서 쉬라고 권했어도 딸은 굳이 학교에 가겠다고 씻고 착복까지 마쳤다. 평소 자주 입는 펑퍼짐한 노란 티셔츠에 청색 멜빵 바지를 입었다. 학교에 가지 말자고 설득하기 위해 승강기까지 따라 탔다. 옆에서 계속해서 학교에 가면 안 되는 이유, 이를테면 무차별적인 테러라던가, 범죄자가 돌아다닐 수 있다는 등을 혼자 요란 떨며 말했다. 꿈쩍도 하지 않았다. 무차별적인 테러라는 말에는 문화 반대파는 사상자를 만들지 않는다는 말로 응수했고, 범죄자가 돌아다닐 수 있다는 말에는 문화 반대파는 범죄자가 아니다로 응수했다. 범죄자가 돌아다닌다는 건 진짜로 성범죄자나 폭력 등을 저지른 사람이 사회 혼란을 틈타 거리를 활보할 수 있다는 의미로 말했다고 전하기도 전에 딸은 승강기에서 내려 등교 버스로 뛰어갔다. 뒤따라 등교 버스까지 가서 어쩔 수 없는 배웅을 하려 버스 안을 들여다보았다. 매번 등교 버스를 운행하던 기사님에서 다른 사람으로 바뀌었다. 아들 행사 참여로 학교로 갈 때 몇 번 탄 적 있는데, 등교 버스 기사는 두 분밖에 없다는 말을 들었다. 그 두 사람에 이번 기사는 포함되지 않았다.

상황이 이러니 다른 사람이 올 수 있겠지 싶어도 찝찝한 기분은 가시지 않고 남았다. 등교 버스 문이 닫히고 딸이 앉았을 자리로 눈을 돌렸다. 자리가 비다 못해 딸 혼자만 앉아있었다. 우리 집이 마지막쯤 되는 차례라 죄다 공석일 리가 없었다. 테러가 펼쳐지는 상황에서 학교에 자식을 보내려는 학부모가 어딨으랴. 나 또한 마찬가지였으니. 아무래도 이건 아닌 거 같아 버스에 올랐다. 딸 옆자리에 앉았다.

"다른 친구들도 학교에 안 가는 거 같지? 지금은 너무 위험해. 일단 아빠랑 집에서 혼란스러운 상황이 정리될 때까지만 기다려보자."

설득을 계속하자 마음이 조금 돌아섰는지 고민하는 눈치였다.

"어제 아빠한테 솔직하게 말해줬던 거처럼, 속상했던 거, 화났던 거 같은 거 이야기해 보는 건 어떨까?"

딸은 텅 빈 등교 버스 안을 크게 한 번 둘러보고는 고개를 끄덕였다. 앞장서서 걸어 버스 승하차 계단에서 멈췄다. 같이 손잡고 내려가려는데 축축한 손바닥 같은 것이 나를 밀었다. 순간 뒤를 돌아보아 양손으로 있는 힘껏 미는 버스 기사를 잡아채려 했으나 중심을 잡지 못해 바깥으로 엎어졌다. 비틀거리며 일어나 기사에게 무슨 짓이냐고 따지려는 순간 버스 문을 닫아버렸다. 바깥에서는 무슨 짓을 해도 열 방법이 없었다. 나를 밀어내고 투명한 버스 문 너머로 나를 쳐다보는 기사 가슴에는 빨간 지구 심볼 배지가 달렸다. 나는 그제야 내가 어리석었음을 알아차렸다. 이런 개판에서 학교가 정상적으로 돌아갈 거라고 판단했다니.

딸이 문 쪽으로 달려와 쿵쿵 쳐댔다. 아빠, 아빠 하면서 문을 열어보려 애썼다. 나와 같이, 서로 다른 방면에서. 그러나 기사가 개폐 스위치를 붙잡고 있는 상황에서는 헛수고에 불과했다. 개폐 스위치를 붙잡던 손으로 기어봉을 움직였다. 시동을 걸더니 출발할 준비를 마쳤는지 딸이 무슨 짓을 하든지 개의치 않고 악셀을 밟았다. 딸이 울부짖으며 내 이름 석 자를 크게 불러 댔다. 행선지가 학교가 아님은 완전히 인지했다. 문 앞에서 계속 발버둥 치다가 악셀을 밟는 순간에 맞춰 뒤로 밀려났다. 이제 버스 창가에서 딸은 보이지 않았다. 그저 문 하나를 열지 못해, 지켜야 할 존재가 떠나고 말았다. 이번에도 아들처럼 무력하게 잃을 셈인가. 노란 버스는 정처 없이 멀어졌다. 따라잡고자 발을 굴러 있는 힘껏 뛰어도 멀어지는 속도가 조금 줄다가 다시 거리가 벌어졌다. 버스 방향을 읽어내기 위해 아파트 앞 사거리까지는 가야만 했다. 헐떡거리는 숨을 참아가며 버스가 완전히 떠나기 전에 사거리로 달려갔다. 엉망이 되어 유령 도시처럼 변해버린 시가지. 유일한 노란색 버스는 달려갔다. 북쪽, 서울을 향해.

혹시나 부운영자나 문화 보호파에게 도움을 받을 수 있지 않을까 싶어 주머니에 넣어놓았던 기록용 안경을 꺼냈다. 멀어져 사람 눈으로는 번호판조차 구별하기 어려워진 거리까지 가버린 노란 등교 버스를 안경으로 겨우 녹화했다. 소용없는 짓일지도. 스마트폰을 꺼내도 그들에게 연락할 방법은커녕 기지국 자체가 나가버려 할 수 있는 게 전무했다. 아들을 잃으며 느꼈던 무력감을 이렇게 다시 느꼈다. 문화 반대파는 인간으로 남기를 포기한 짐승들이라고 감히 정의 내렸다.

홀로 집으로 돌아와 한참을 자책했다. 울부짖는 소리와 함께 들리던 내 이름 석 자가 왜 그리도 구슬펐는지. 딸과 내가 쓰는 방 말고, 남은 방 하나. 앞에 서니 온몸에 소름이 돋고 오한이 생겼다. 먼지 쌓인 방문을 잡았다가 놓길 여러 차례 반복했다. 손잡이에 손 모양으로 먼지가 닦여나갔다. 끝내 마음을 다잡고 문을 밀자 오랜 시간 방치된 목재가 삐걱거렸다. 목재 문은 기분 나쁜 웃음소리를 모방해 깔깔거리며 내부를 드러냈다. 아직도 아들의 체취가 난다는 착각이 들었다. 죽은 아이를 보내주지 못한 죄, 현재 함께 지내던 아이에게 제대로 신경 써주지 못한 죄. 여러 죄를 참회하며 방 중간에 무릎 꿇고 앉았다. 주변을 둘러보았다. 아들이 마지막으로 쓰던 일기장이 그대로 펼쳐졌다. 내용은 불상을 보기 바로 전날까지. 삐뚤삐뚤 제멋대로 획을 그어 적은 한글을 천천히 읽었다. [아빠가 억찌로 데려간다고 했다. 가기 싫은데. 그래도 산만큼 큰 불상이래서 쪼금은 궁금하다.] 책상 위 일기장 옆에는 쓰다만 연필과 지우개, 지우개 가루가 그대로 남았다. 바로 앞 책장에는 그 나이 또래 아이들이 읽는 과학 만화책이 잔뜩 꽂혀서는 한 번도 읽히지 못한 채 먼지 쌓여 방치되어 가고. 커서도 쓸 수 있게 주문 제작으로 맞추었던 대형 침대에 누웠다. 방에는 그 시절 잔해들이 원 상태로 방치되었다. 나는 흐르지 못한 시간이 갇힌 방안 한 곳에 누웠다. 오래 묵은 먼지와 곰팡내를 맡으며 기력을 다해 쓰러지

듯 눈을 감았다. 못내 두 아이를 그리워하며.

시간이 멈춘 방에서 나까지 멈춰 세웠다. 겨우 몸을 추스르고 바깥으로 걸어 나왔다. 몸이 묵직했다. 해와 달이 뜨고 지길 반복하던 숫자를 센 끝에 오늘이 수요일임을 계산해 냈고, 확인을 위해 방에서 벗어났다. 국립중앙박물관에 가야 하는 날. 유일하게 도움을 청할 수 있을 것 같은 사람들. 주머니 깊은 곳에 숭례문 배지를 찔러넣고 가슴에는 빨간 지구 심볼 배지를 찼다. 얼마 전 세워놓은 오토바이는 누구도 건들지 않아 먼지만 조금 쌓였다. 챙겼던 열쇠를 꽂아 돌리자 지구의 비명처럼 오토바이 엔진이 울어댔다. 충분하지 않은 기름양. 서울까지만 가길 바랐다. 최단 길을 상상해 보다가 근처 기차역에서 서울역까지 곧바로 달리는 게 빠를 거라는 생각이 들었다. 우리 집 앞에 정차하는 역으로 오토바이를 끌고 들어갔다. 승강장에서 좌우로 펼쳐진 철길 양 끝을 살폈다. 기차는 없어 보였다. 오토바이를 철길로 내리고 손잡이를 당겨 서울역을 향해 출발했다.

북쪽을 향해 하염없이 달렸다. 손목에 찬 시계는 배터리를 충전하는 걸 까먹어 먹통이었다. 지금이 오후 3시에 근접한 시간이 맞는지 알 방법은 하늘을 보는 법뿐. 하늘 저 멀리, 그러니까 오후 1시쯤을 가리키듯 머리 위에 있는 태양 옆으로 무언가 보였다. 그것을 비슷한 물체로 정의하자면 지구로 떨어지는 유성우. 붉은 불길과 함께 계속 추락했다. 직선으로 이루어진 길이라 시선을 정면으로 둘 필요 없이 계속 떨어지는 무언가에만 집중했다. 꼬리를 길게 늘어뜨린 것은 내가 향하는 북쪽으로 몸을 무겁게 눌렀다. 하나가 아닌 다발, 적어도 여섯 개는 되었다. 그중 하나는 궤도를 달리해 내가 서울에 가까워질수록 더욱 가깝게 느껴졌다. 자꾸만 나와 충돌할 것 같았다. 오토바이를 세우고 궤도를 자세히 살폈다. 구름 사이를 갈라온 그것들은 서울과 무척 가깝게 날았다. 가로로 유랑하던 운석 같은 것들이 무슨 바람이 불었는지 세로로 쭉 내리꽂기 시작했다. 작은 하나는 서울로 완벽하게 떨어지고 있음을 확신했고, 나머지는 러시아 아니면 북한으로 떨어질 궤도였다.

충돌했다. 내 시야에서는 더 보이지 않았다. 선선한 가을바람을 흉내 내는 바람이 가을 내음 없이 파동처럼 한 번 크게 불었다. 바람을 맞고서 정신 차리니 서울역에 도착했다. 버려진 기차들이 승강장 근처에 즐비했다. 오토바이를 끌고 바깥으로 나오니 빨간 지구 심볼 배지와 숭례문 배지 그 어느 것도 끼지 않은 몇 사람들이 스마트폰으로 사진을 연신 찍어댔다. 서울역 앞에 커다란 크레이터가 생겼다. 중심에는 쇠와 철로 된 파편들이 나뒹굴었다. 형체는 거의 소멸했다. 사람들이 웅성거리자 점점 인파가 커졌다. 어디론가 향하고 있던, 빨간 지구 심볼 배지를 단 이들도 다가왔다. 여럿이 파편들을 한참이나 살펴본 후 문화 반대파가 조심스레 말을 꺼냈다.

"인공위성이 추락했네요. 아니면 우주 쓰레기던가. 중요한 건 이런 것들이 불러올 미래를 예견한 게 우리 단체라는 겁니다. 여러분도 생각 있으면 함께 합시다."

결국 본론은 단체 가입 유도에 불과했다. 빨간 지구 심볼 배지를 나누어주며. 그런 거에 혹하겠어 했으나 옆에 있던 사람들은 배지를 받아들었다.

"곧 광화문 광장에서 모임이 있습니다. 지금 이동 중인데 같이 갑시다. 그쪽도 모임 이야기 들으셨죠?"

나를 보고 말했다. 정확히는 내 가슴에 꽂은 빨간 지구 심볼 배지를 향해. 그들은 모임에 관하여 장황하게 설명했다. 오늘과 같이, 인류가 만들었던 인공위성이 추락해 되려 위협하듯이. 성대하게 이루어낸 문화가 인간을 향해 분노했으니, 우리는 문화의 속박에서 벗어나 자연 상태로 회귀한다. 설명을 들어보니, 세 번째 생존자가 추구하던 바와 어딘가 달랐다. 우리 집에 찾아와서 했던 말이 결코 거짓은 아니었음을 짐작했다. 국립중앙박물관, 즉 보호지로 가야 했기에 사정이 있다며 빠질 기회를 노렸다. 문화 반대파 중 누군가 내가 타고 온 오토바이를 가리켰다.

"오토바이 엄청나게 위험하지 않나요? 이동 수단은 금지했을 텐데."

"아 제가 타지에서 넘어오느라 어쩔 수 없이 탔습니다."

그럴싸한 거짓말이었다고 만족했으나 제대로 속여넘기지는 못했다. 여전히 의심 가득한 눈초리로,

"각지마다 크고 작은 규모의 모임을 한다고 했는데 굳이 서울까지 온다고요?"

얼버무리고 있으니 대장 격으로 보이는 이가 나를 변호했다. 굳이 그럴 필요는 없었지만, 어쨌든 내게는 이득이었다.

"서울에서만 그것을 볼 수 있으니까. 그것을 보러 오는 신봉자도 많잖아."

빨간 지구 심볼 배지를 가슴에 달던 한 명이 대장 격인 사람에게 "그것"이 무엇인지 물었다. 그것, 문화 반대파들이 호칭하는 바로는 세 번째 생존자 같았다. 대장 격은 일단 가보며 우리를 행렬로 이끌었다. 나는 잠시 들렀다 갈 곳이 있다며 곧 합류하겠다고 밝혔다. 서울역을 기준으로 모두 북진하는 동안 나는 남쪽으로 내려갔다. 국립중앙박물관이 머지않았다.

국립중앙박물관 앞은 검은 가면을 쓴 문화 반대파로 북적였다. 북적이는 인파 끝에는 가슴에 노란빛이 도는 문화 보호파가 맞섰다. 서로 몸싸움을 해가며 몇 남지 않은 문화재를 지키기 위해, 이제 문화재의 멸을 고하기 위해 혈연 단신이었다. 문화 반대파가 몇 배는 더 많았지만, 철창을 등지고 서서 악착같이 맞서는 문화 보호파를 물리기란 어려워 보였다. 비살상, 비살상. 그런 단어를 죽일 듯 외치며 문화 반대파가 밀어댔다. 나는 사이에 끼여 이러지도 저러지도 못하고 있다가 창살 너머 부운영자를 발견했다. 우리는 서로 눈이 마주쳤고, 들어가기 위해 앞에서 막아서는 이들에게 숭례문 배지를 꺼내 눈앞으로 들이댔다. 배지를 확인한 이들이 겨우 틈을 만들어 나만 철창 바로 앞으로 보내고 다시 막아섰다. 철창이 살짝 열리고 나는 그 틈새로 들어갔다. 부운영자가 나를 반겼다.

국립중앙박물관과 경복궁 일대는 보호지로 선정되어 격렬한 싸움 중이라고 했다. 나는 숭례문 배지를 신뢰할 수 있는지 궁금했다. 누구에게나 배포했는데, 문화 반대파가 가지지 않으리란 법이 어딨느냐는 뜻이었다. 그보다 더 중요한, 딸이 납치되었다는 말을 꺼내기 위해 목을 가다듬었다. 그러나 채 질문을 하기도 전, 부운영자는 잠시 기다려달라며 자리를 떠났다. 하는 수 없이 국립중앙박물관을 거닐며 정처 없이 떠돌았다. 그동안 문화 보호파를 제법 보지 못해서 문화재를 보호해야 한다는 사상은 거의 없는 줄 알았는데, 국립중앙박물관에 모인 사람 수는 제법 많았다. 연못 근처로 가니 투표 중이라며 투표함과 함께 종이 용지가 있었다. 투표 사유를 읽었다. 빨간 지구 단체에 대응해 문화를 지킬 방법을 자유롭게 서술해 주세요. 투표 용지 흰 부분을 보다가 납치된 딸을 구해주세요, 라 짧게 쓰고 투표함에 넣었다.

바깥에서 문화 반대파를 막던 이들이 바리케이드를 세우고, 철책을 굳게 닫고서 내부로 들어왔다. 뚫을 수 없다는 사실을 받아들였는지, 문화 반대파는 하나둘 국립중앙박물관 입구에서 사라졌다. 왜 문을 닫았는지 몰랐으나, 곧 연못 앞 시계탑이 오후 3시를 가리키는 걸 보고 알았다. 문화 보호파가 연못 앞으로 한둘씩 모여들었다. 나 정도면 젊은 축에 속하는 줄 알았지만, 의외로 나이가 많은 사람과 적은 사람의 비율이 반반 정도였다. 청소년에 가까운 나이대는 물론, 어린아이도 존재했다. 딸이 함께 있었다면 같이 왔을 텐데. 저 멀리 엄마일 사람 손을 잡고 재잘대는 여자아이를 보고 후회했다. 부운영자와 경복궁 연못 아래서 보았던 이들이 인파를 한곳으로 모아댔다. 그들은 문화 보호파 중에서도 핵심층으로 보였다. 한창 바쁘지만, 딸이 납치되었음을 알리기 위해 부운영자에게로 갔다.

"딸이 문화 반대파에게 납치되었어요. 서울에 있는 거 같아요."

"서울이라… 아마 이번 문화 반대파 모임에 참여할지도 모르겠네요. 그렇지 않아도 이제 그들에게 반격할 계획을 세울 겁니다."

"이번 문화 반대파 모임이요? 그곳에 딸이 있는 게 확실한가요?"

복잡하던 인파가 정리되었는지, 부운영자는 곧 그곳으로 신경을 기울였다. 단상같이 약간 높은 곳에 올라가 투표함을 들어 올렸다. 투표용지를 하나씩 읽었다. 그러더니 혼자서 박수를 갈겼다. 마음에 드는 의견을 발견했는지 흡족한 표정을 지었다. 이내 경복궁에서 보았던 인원들에게 용지를 돌려 보여주었다. 얼떨떨한 분위기에 다들 아무 말도 없자 부운영자가 아차, 하며 용지 내용을 소리내어 읽었다.

"마음에 드는 내용을 보았어요. 이곳 국립중앙박물관에서 빨간 지구 단체가 모임을 여는 광화문 앞까지 행진하자는 거네요. 물론 그냥이 아닌 악기 연주와 함께요. 더 좋은 의견 있으실까요?"

내용을 듣고 난 후 모두 만족스러운지 부운영자처럼 박수 세례를 날렸다. 반응을 보고 난 문화 보호파 핵심층이 국립중앙박물관 내부로 들어갔다. 잠시 후 여러 악기를 끌고 나왔다. 나무를 깎아 줄을 연결한 바이올린과 첼로를 포함한 현악기 종류부터, 중앙이 비어있는 원통에 가죽을 덧붙인 북과 장구를 포함한 타악기, 입으로 불어 소리내는 플룻, 피리 같은 관악기까지. 다양한 악기가 등장했다. 문화를 없애겠다며 음악까지 소멸시키려는 와중, 악기는 그야말로 상황을 바꾸어버릴 핵심 요소였다. 다룰 줄 아는 사람이 많았는지, 각자 악기를 가져가서는 소리를 내기 시작했다. 악기 연주와 함께 가슴에 진동이 퍼지며 웅장하게 울렸고, 고음이 가볍게 치고 올라왔다가 중저음 소리가 잔잔하게 이끌어갔다. 흥겨운지 콧노래를 흥얼거리는 사람들도 많았다.

다들 악기에 정신 팔린 동안 나는 발견했다. 수상한 몇 사람이 국립중앙박물관 안으로 들어가는 것을. 뒤따라 들어갔다. 입장 시작부터 문화재가 나를 반겼다. 아, 문화재를 감싸고 있었을 투명한 유리가 부서져 파편이 된 채 바닥에 흩어졌다. 앞서 들어간 사람들이 부수었거나, 막 상황이 급변하기 시작할 때 벌어진 일임이 분명했다. 수상한 자들 소리를 따라 박물관 안쪽 깊이 들어갔다. 앞서 들어갔던 사람들, 그들이 망치를 들고 문화재를 감싼 유리를 부수고 있었다. 이내 모습을 드러낸 작은 불상과 갑옷 따위를 바닥에 팽개쳤다. 문화 반대파다. 확신과 함께 알리기 위해 바깥으로 뛰어나갔다. 그들은 한창 시위 겸 행진을 어떻게 진행할지 의견을 나누었다. 국립중앙박물관을 지킬 몇 명만 두고 악기를 연주하는 모든 이가 함께 아리랑 곡조를 뽑으며 경복궁까지 걷는 방안이 유력했다. 나는 부운영자에게 달려갈 새 없이 소리쳤다. 문화 반대파가 숨어들어서는 박물관 안 문화재를 죄다 부수고 있다고. 상황을 파악한 문화 보호파가 너나 할 것 없이 박물관 내부로 뛰어갔다.

프락치는 금세 잡혔다. 여기에 모인 모든 이들이 심판하자며 흥분을 부추겼다. 문화 반대파 셋. 그들은 손과 발이 포박된 채로 끌려갔다. 살려달라고 부르짖어도 무시하고 그들은 국립중앙박물관 연못 아래로 던졌다. 메아리처럼 들렸던 비명과 함께 거품이 연못 위로 보글보글 올라 터졌다. 내가 무엇을 보았는가 싶어 눈을 몇 번이나 비볐다. 어안이 벙벙해도 미안한 마음은 들지 않았다. 그들 역시 내 딸을 서슴없이 납치할 정도니까. 내게 부운영자가 다가와 단상으로 데려갔다.

"문화 반대파가 숨어들었다는 사실을 제보해 준 이분이 불상사고 첫 번째 생존자입니다."

이곳저곳에서 환호 소리가 들렸다.

"제 딸이 문화 반대파에게 납치당했어요. 도와주세요."

나는 여기에 온 목적을 말하며 진심으로 요청했다. 내 바람과 달리 여기 있는 모두가 문화 반대파를 향한 분노만을 품었다.

행진 준비는 빠른 속도로 끝났다. 문화 반대파 모임이 몇 시간 뒤 시작이라 가는 시간까지 계산한 끝에 출발할 시간이 정해졌다. 박물관은 규모가 컸기에 많은 단체 인원이 예행 행진을 위해 줄을 맞춰볼 수 있었다. 마지막으로 나가기 전 줄을 맞추었는데 박물관 양쪽 출입문에 닿았다. 줄 제일 앞쪽 선두는 악기를 연주할 줄 아는 음악가들이 섰고, 뒤이어 나와 같은 문화 보호 사상을 가진 자들이 섰다. 덩치가 큰 사람들은 잔여 인원으로 국립중앙박물관을 지켰다. 실제로 길거리를 걷듯 발을 맞춰 제자리를 걸었다. 선두에서는 행진곡을 연주했고, 나머지는 문화를 지켜야 할 이유를 열심히 고성방가 질렀다. 준비는 순조롭게 이루어졌다. 두 시간 정도 걸리는 길을 걷기 위해 마음을 잡았다. 행진 열은 맞춰져 있어서 출발만 하면 끝이었다. 가장 앞에 선 자들이 아리랑 곡조를 연주하기 시작했다. 우리는 악을 지르며 문화 보호파는 각자가 생각하는 문화재 보호를 위해, 나는 딸을 찾기 위해 걸었다. 열은 흐트러지지 않고 간격을 맞추어 국립중앙박물관을 벗어나기 시작했다. 아리랑 곡조는 우리 행렬이 다 빠져나오기 채 끝났고, 이제는 삼십 분짜리 문화재청 주제곡을 연주했다. 곡명은 인류의 행진곡이었다. 타악기 특유의 가슴 두드리는 진동이 곡 시작을 열었고, 금관 악기 소리가 시원하게 뻗어 나갔다. 뒤이어 목관 악기가 금관 악기를 따라 울려 퍼졌고, 모든 음 아래 현악기 소리가 깔렸다.

　모든 행렬이 빠져나온 후 국립중앙박물관 철책을 닫으려는데, 뒤에서 화염이 일었다. 숨어있던 문화 반대파가 나타나서 박물관과 전시품을 향해 소주병을 끝없이 던졌다. 행렬 초반과 중반은 인지할 수 없을 정도로 멀어졌고, 나와 행렬 끄트머리 일부만이 상황을 인지했다. 국립중앙박물관을 지키려는 분위기에 휩쓸려 몸 전체를 뒤로 돌렸으나 너무 늦었다. 덩치 큰 일부는 전시품을 옮기려고 안으로 들어가려 했으나, 그들 속에도 문화 반대 사상을 가졌던 프락치는 존재했다. 이미 연못 속으로 문화 반대파 세 명을 던진 전적이 있는바, 용서 따위는 바랄 수 없었다. 한 번 옮겨붙은 불은 문화 반대파의 광기를 끄집어냈다. 소주병은 그들 머리 위를 날아다녔다. 바깥에 있던 문화 반대파들이 국립중앙박물관으로 몰려 들어갔다. 상황을 모르는 행진과 행진곡은 경쾌하게 멀어져갔다. 문화 보호파들은 몸에 힘을 죽 늘어뜨리고 허망한 눈으로 불타오르는 건물만 바라보았다. 숫자부터 싸움이 되지 않아 말려도 가능성은 희박했다. 안타깝지만, 나는 우선인 딸을 찾기 위해 멀어진 행렬을 추적했다. 얼마 안 가 행렬에 도착했을 때는, 이 사람들 역시 국립중앙박물관 상태를 알아차렸다.

악기를 통한 행진곡은 이목을 끌었다. 거주지역으로 들어오자마자 반응이 나타났다. 거리를 둘러싸고 있는 아파트나 건물의 창문에서 행진을 보는 사람이 생겼다. 문화 반대 사상을 가졌는지, 문화 보호 사상을 가졌는지, 어쩌면 둘 다 해당하지 않는지는 알 수 없었다. 창문을 열고 보는 사람이 있는가 하면 길거리로 내려와 구경하는 사람도 생겼다. 문화 예술이 거리를 아름답게 품어내며 변화를 이끌기 시작했다. 거리는 활기를 찾기 시작했고, 행진곡 음에 콧노래를 흥얼거리는 사람까지 생겼다. 반대로 이 상황을 불편하게 보는 자도 있었다. 당연하겠지만, 문화 반대파였다. 빨간 지구 심볼 뱃지를 가슴에 찬 채로 불만스러운 표정을 지었지만, 우리 행렬을 이룬 사람 수를 본 이상 소수 몇 명이 함부로 달려들 수는 없었다. 그런 불만을 가진 자들이 하나둘씩 모여들어 어느새 우리에 비견될 만큼 많아졌다. 광화문 광장이 가까워질수록 빨간 지구 심볼 뱃지를 볼 일은 잦아졌다. 광화문 광장을 가득 채우고도 모자라 문화 반대파가 그 일대를 완전히 장악했다. 우리는 보란 듯 계속 연주했다.

광화문 광장 단상에 세 번째 생존자가 모습을 드러냈다. 환호 소리가 순간 음악을 묻어버렸다. 세 번째 생존자는 모인 이들을 뚫어지게 바라보았다. 이내 입고 있던 누더기를 하늘로 벗어던졌다. 실오라기 걸치지 않은 맨살이 바람을 만났다. 벌거벗은 채 손을 하늘로 들어 만세를 외치는 흉측한 모습을 많은 이가 따라 했다. 이해할 수 없는 우리가 할 수 있는 건 그들을 유혹할 수 있는 곡조만을 계속 뽑아대는 거였다. 그가 한 마디를 외면 군중이 따라 외는 식으로 모임이 시작되었다.

"우리는 옛것들을 지키기 위해 노력했습니다. 그러나 그런 활동들은 모두 가치 없는 짓이었습니다."

몇 마디 하지도 않았는데, 대중들은 손뼉 치며 환호했고, 눈물을 흘리며 흐느꼈다.

"죽은 왕조의 무덤이 이제 태어나는 아이들 거주지를 빼앗고 있습니다. 에펠탑을 찾아갔던 관광객들이 운명을 달리했으며, 인공위성이 추락하여 북한은 쑥대밭이 되었습니다. 이제는 인류를 위협하는 것들에서 벗어나 안정된 지구 아래서 살아야 합니다."

악기 연주가 흥을 돋우었다. 분위기에 물든 문화 반대파가 흥분해 날뛰었다. 열광하여 제 풀을 이겨내지 못하고 옷을 벗어 던졌다. 붉게 달아오른 피부색이 훤히 드러났다. 이어 군중 심리가 작용한 듯 남녀 할 것 없이 하나씩 옷을 벗기 시작했다. 옷을 벗은 이들은 빠르게 늘어 곧 우리 근처에 있는 한 노인까지 맨몸이 되었다. 주인 잃은 옷들은 쌓이고 쌓여 단상 앞으로 모였다. 어린아이, 남녀, 노인 가릴 것 없이 모두가 맨살을 드러내고 남자를 바라보았다. 부운영자가 술렁이는 행렬 속에서 문화 보호파를 독려했다. 악기 연주를 지향했지만, 음악이 지금 상황에서는 분위기만 고조시킬 뿐인 독이라 판단했다. 한두 명씩 악기를 놓았다. 연주 소리는 점차 작아지더니 이내 맥이 끊겼다.

세 번째 생존자 발언 이후 어린아이 세 명이 단상으로 끌려갔다. 익숙한 실루엣. 마지막으로 보았을 때와 인상착의가 같은, 노란 티셔츠와 파란 멜빵 바지를 그대로 입은 딸도 함께 있었다. 딸을 제외한 두 명은 많이 야위어 지방은 없고 살가죽이 뼈에 붙을 것만 같았다. 반대로 딸은 오히려 마지막 헤어질 때보다 더 통통해졌다. 펑퍼짐한 티셔츠가 딱 맞을 정도로. 세 아이 모두 자발적으로 세 번째 생존자 앞으로 걸어갔다. 모두가 자신 앞에 멈춰 서자 그는 딸에게 귓속말을 속삭였다. 나는 딸을 구하기 위해 단상 앞으로 나아가며 행렬을 헤집었다. 행렬은 엉망인 데다 소란스러워 질서를 정돈하기 위해 한참이었다. 딸만 바라보며 가로질러 가던 중 부운영자를 마주쳤다. 내게 무어라 말을 계속 걸어왔지만, 들리지 않았다. 계속 걸었다, 계속.

단상에 거의 다 도달했을 무렵, 문화 보호파가 무력 충돌을 감행했다. 자기들을 둘러싼 문화 반대파를 밀기 시작하며 순식간에 아수라장이 되었다. 곳곳에서 비명이 난무했다. 난잡함은 우리에게 비극을 불러왔던 사고 바로 몇 분 전 상황을 불러

왔다. 아들과 손을 잡고 불상 앞을 지나고 있었다. 아들은 목이 탄다며 매점으로 나를 이끌었다. 유적지 바깥으로 나가야만 매점이 있었기에 나는 마지막으로 하나만 더 보고 가자며 칭얼거림을 묵살했다. 아들은 죽음을 직감했을지도 몰랐다. 내가 그토록 보자고 강요했던 문화재가 이 모든 비극의 시작점인 불상이었으니까. 불상이 엎어지기 전, 사람들은 이상하게 웅성거렸다. 죄다 불상 앞에 모여들었다. 이유는 몰랐다. 그저 지금 상황처럼 혼란스러웠을 뿐이다. 그리고 불상이 넘어졌다. 대부분이 불상 앞에 있었기에 피해는 클 수밖에 없었다. 나는 문화 반대파도, 문화 보호파도 무엇을 할지는 모르겠으나 그들을 진정시킬 생각으로 단상 위로 올라갔다. 딸을 포함한 세 아이, 세 번째 생존자 모두 나를 마주했다. 세 번째 생존자가 들고 있던 마이크를 빼앗아 앞부분을 가볍게 두드렸다. 톡톡, 광장을 향해, 대중 사이로 메아리쳤다.

"저는 우리를 비극으로 이끈 불상 사고 첫 번째 생존자입니다."

머리를 손으로 쥐어뜯고, 살가죽을 치아로 물고, 주먹질하던 모두가 일순간 조용해졌다.

"거짓말! 첫 번째 생존자는 그것과 함께 얼마 전 단상에서 모습을 보였어! 당신은 가짜야!"

분위기를 진정시키려던 계획은 실패해 버리고 문화 반대파는 오히려 들끓었다. 자신들 정신적 지주인 생존자를 비극이라는 단어로 비아냥거리듯 모방한 것에 대한 분노 같았다. 나는 몇 사람에게 붙잡혀 강제로 단상 아래로 끌려 내려갔다. 단상

위 상황이 정리되자 아이들이 차례로 무릎을 꿇었다. 세 번째에 딸이 섰다. 세 번째 생존자는 날카로워 빛마저 반사하는 가위를 첫 번째에 선 남자아이를 향해 겨누었다. 순간 놀라 몸이 움찔하며 딸에게로 시선이 향했지만, 다들 태연했다. 첫 번째 남자아이가 주변을 둘러보았다. 발가벗은 사람들. 이내 당연하다는 듯 건네받은 가위로 옷을 잘랐다. 바지 티셔츠 할 것 없이 잘랐고, 겉옷 속옷 할 것 없이 조각냈다. 드러난 맨몸을 자신 있게 내보이며 자른 옷을 단상 옆 모아놓은 옷가지 사이로 던졌다. 가위는 두 번째 아이에게로 건너갔다. 마찬가지로 모든 옷을 잘랐다. 딸까지 모든 옷을 탈피했다. 세 번째 생존자가 박수를 두 번 치며 신호를 주자 횃불을 손에 쥔 이가 나타나 옷가지에 불을 붙였다.

"우리는 오늘 우리를 옥죄이던 것으로부터 해방되었습니다. 그리고."

세 번째 생존자가 뜸을 들이던 끝에 말했다.

"여기 있는 여자아이가 두 번째 생존자입니다. 앞서 올라온 남자는 첫 번째 생존자가 맞습니다. 여러분을 속이려고 한 것은 아닙니다."

오늘날까지 첫 번째 생존자와 두 번째 생존자라 믿었던 자들이 사실은 다른 사람임을 밝혔으나 문화 반대파는 아무런 불만도 표하지 않았다. 세 번째 생존자가 단상 위에서 빨간 지구 심볼 배지 침을 벌렸다. 모두가 보는 앞에서 침을 맨살 가죽에 꽂았다. 가슴에서 핏물이 새어 나왔다.

"지구가 흘린 눈물만큼 우리는 울어야 합니다."

한두 명씩 통증을 망각한 채로 배지 침을 맨살에 비틀어 꽂아 넣었다. 소수가 흘리던 피는 이제 다수가 되어 피비린내가 진동했다. 상황이 점차 기괴해지자 문화 보호파는 일단 후퇴를 결정했다. 원초 계획은 행진에 실패할 경우 국립중앙박물관으로 돌아가야 했으나, 이미 그곳이 함락된 이상 남은 보호지라고는 경복궁이 유일했다. 얼마 멀지 않은 거리. 행렬의 가장 처음에 있는 자들이 악기를 휘두르며 길을 텄다. 휘두른 악기에 맞은 문화 반대파는 옆으로 밀려나기도 했고, 정신을 잃고 바닥에 쓰러지기도 했다. 어수선한 틈을 타 단상에서 딸의 손을 잡고 문화 보호파 행렬 속으로 숨어들었다. 세 번째 생존자는 마이크를 들고 딸과 나를 번갈아 보다가 하려던 말을 삼킨 듯 마이크를 내렸다.

마침내 조우한 우리, 그러나 딸은 특별한 반응을 내비치지 않았다. 그저 아빠구나, 그 이상 그 이하의 반응도 없었다. 나는 딸을 힘껏 끌어안았다. 미안하다고 되뇌며 딸 팔을 이끌고 경복궁 안으로 들어갔다. 딸이 조금 이상해 보였지만, 며칠간 안 좋은 일을 겪어서 신체와 정신이 고되었으리라 생각하고 말았다. 다만 함께 있던 다른 아이들은 앙상하게 마른 데다 눈 아래가 검게 짙어져서는 퀭했지만, 딸은 되려 통통해서 이상한 기분을 떨쳐낼 수는 없었다.

문화 보호지 안에도 자급자족 생활이 가능하도록 여러 장치가 되어있었다. 태양열 발전기라던가, 경복궁 내부 모든 물을 다시금 쓸 수 있도록 만든 재사용 기기, 땅을 골라 농작물을 심어둔 텃밭. 그리고 부지런히 울어대는 소와 돼지 등. 언제부터 준비했는지 모르겠지만, 적어도 저번 주 일요일 날 내가 왔을 때는 이런 대비가 전혀 되어있지 않았다. 부운영자가 나에게 다가왔다. 벌거벗은 딸에게 눈을 흘겼다가 경복궁 내부에 있는 탈의실을 소개했다. 다양한 색깔과 여러 치수에 맞는 옷이 있다는 말에 따라 탈의실로 곧장 딸을 끌 듯이 데려갔다. 옷이 정말 많았고, 그중 알록달록한 색깔을 건넸다. 바로 거절했다. 반복되는 거절에도 계속 옷을 보여주니 끝끝내 검은색 옷을 입었다. 어렵사리 입혔다. 잠깐 입고 말았다. 금방 질렸는지 옷을 벗어 던졌다. 딸은 다시 나체 상태가 되었다. 혹시나 경복궁 내부에 병원도 있을까 싶어 돌아다니는 이들에게 수소문했다. 마침내 병원 시설을 갖춘 별실을 찾아냈다. 별실 병원에서는 딸이 외상 후 스트레스일 확률이 높다고 말했다. 일단은 일상을 회복하는 게 우선이니 편하게 지낼 수 있도록 도와주라는 조언을 들었다. 딸이 어떤 걸 좋아하는지 고민했으나 떠오르는 게 없었다. 못난 아빠, 그리 중얼거렸다.

아내와 연애 시절 편지를 주고받던 기억이 떠올랐다. 서로 서운한 일이 생기면 편지로 써서 화해하고는 했다. 아들이 태어나면 편지를 땅속에 묻어 추후 꺼내보자던 약속도 기억났다. 타임캡슐. 우리가 우리로 남을 방법. 경복궁 여러 곳을 전전하며 종이와 펜, 방수용 테이프와 곽을 구했다. 나는 최대한 웃으며 딸에게 편지지와 볼펜을 건넸다.

"아빠랑 같이 편지 써볼까? 먼 미래의 우리에게 쓸 편지야."

딸은 아무 말 없이 편지지를 받아들었다. 가볍게 산책하며 쓰는 게 생각을 정리하는 데 도움 될 거 같아 딸과 함께 경복궁 일대를 걸어 다녔다. 몸뚱이로만 배회하는 소녀와 성인 어른이 함께 다니는 모습은 좋지 않았다. 원래 같았으면 성범죄로 오해받았을 테니까. 물론 지금은 그런 상황이 아니었다. 그저 어린 나이에 문화 반대파에게 세뇌당한 불쌍한 아이와 그런 아이를 보듬어야 할 처량한 신세로 낙오된 어른으로밖에 보이지 않았다. 특히나 첫 번째, 두 번째 생존자임이 밝혀지고 난 후 우리에게 돌아오는 시선은 더욱 동정심이 서렸다. 딸이 문화 반대 사상을 지니고 있을지 모른다는 걱정도 하나둘 들려왔다. 딸이 계속 같은 상태라면 추방당해도 이상하지 않을 정도였다. 광화문 앞에 멈춰서 굳게 닫힌 문을 보았다. 너머에서는 알 수 없는 말들이 계속 들려왔다. 홍례문을 지나 영제교를 건너려 할 때, 처음으로 딸이 말을 꺼냈다.

"아빠, 이게 서울에 마지막으로 남은 역사적 문화재인 거죠?"

나는 의미심장한 아이 말에도 가볍게 고개를 끄덕이며 응수했다.

"맞아. 어쩌면 대한민국에 남은 마지막 문화재일지도 몰라. 우리가 지켜야 하는 유일한 유산이지."

근정문을 지나 근정전을 맞닥뜨렸을 때, 딸이 편지지를 들어 보였다. 편지를 쓰고 싶은 모양이었다. 우리는 근정전 앞 바닥에 자리를 잡았다. 어떤 이야기를 쓰는지는 각자만의 비밀로

했다. 딸은 딸 나름대로, 나는 내 나름대로 편지지에 글자를 욱여넣었다. 하늘이 뿌옇게 물들었다. 옷가지를 태운 연기가 하늘을 맴돌았다. 타임캡슐에 많은 걸 넣고 싶었다. 떠나간 아내와 아들의 흔적까지도. 그러나 보호지를 벗어날 수는 없어 보였다. 어디에 묻을지도 중요했다. 건축된 이래 여러 위기를 넘겼지만, 역시 지금까지도 남아있는 생명력 강한 경복궁 내부에 묻고 싶다는 생각이 들었다. 일단 서로가 쓴 편지를 챙기고 마저 돌아다녔다. 근정전에서 수정전 쪽으로 빠졌다가 경회루를 만났다. 경회루 아래 연못에는 여전히 투명한 막이 존재했다. 저 아래로 던지는 것도 나쁘지 않았다. 투명한 막에서 거품이 보글보글 올라왔다. 부운영자와 핵심층이 회의하고 있었다.

딸에게 타임캡슐을 잠깐 맡겨 놓고 경회루 옆 건물에서 잠수복을 꺼내왔다. 현재 세계 상황과 앞으로 진행 방향을 알고 싶었다. 그런 게 아니더라도, 희망이 필요했다. 잠수복으로 갈아입고 연못 아래를 향해 헤엄쳤다. 역시, 그들은 오늘과 내일을 놓고 바쁘게 논의했다. 나는 투명한 막 안으로 들어가 잠수복을 벗었다. 부운영자가 반지로 홀로그램을 켜고 한참 무어라 소리치고 있었다. 돌아오는 말은 없었다. 홀로그램 속에서 정상적으로 모습을 드러낸 관련자가 아무도 없다니. 반지를 조작해 무슨 방법을 쓰자 한 명이 겨우 들어왔다. 지도는 유럽 쪽을 가리켰다.

"EU에 있는 문화재란 문화재는 죄다 함락되었습니다. 방법도, 미래도 없어요."

홀로그램에 나타난 관계자가 바닥으로 추락했다. 반지가 굴러가는지 영상 시야가 제멋대로 돌아가는 배경을 비추다가 꺼졌다.

"경복궁이 마지막 희망인가요?"

"일단 지금까지 기록했던 영상과 함께 안경 주시면 유네스코 본부 쪽에 접촉을 시도할게요."

나는 안경을 집에 두고 왔다는 사실을 기억해 냈다. 메모리 저장 장치도 안경다리에 있어서 본체가 없다면 내가 찍은 영상을 확인할 수 없었다. 안경이 꼭 필요하다며 도움을 줄 사람을 찾아보겠다고 말하지만, 고래와의 기억을 생각하면 차라리 어떤 사람이든 간에 추억을 쌓지 않는 편이 마음이 편했다. 혼자 다녀오겠다고 한 후 이동 수단만 마련해달라고 부탁했다. 예비 오토바이와 전기 자전거 몇 대가 북쪽 신무문에 있음을 알려주었다. 아무리 기다려도 내일에 관한 이야기는 전혀 들을 수 없었다. 우리에게 내일이 오리라는 확신이 없었기에. 다들 침울했다. 국립중앙박물관을 자의 반 타의 반으로 포기하고서 시도했던 행진까지 실패로 돌아갔으니 그럴 만도. 뭍으로 나가니 딸이 타임캡슐을 끌어안고 나를 기다렸다. 맨살뿐인 몸뚱이는 이상하게 추레하지는 않았다. 인간을 지탱하는 모든 것이어서일까. 딸이 무슨 생각을 하는지 짐작조차 어려웠다. 문화 반대파에서 무슨 일을 겪었는지 당최 알 방도가 없으니 당연했다. 딸이 힘껏 안고 있는 타임캡슐 뚜껑을 닫았다. 이름은 딸이 붙였다. 미래의 인류에게. 비닐과 랩을 씌워 방수 처리한 다음, 한 번 더 방수가 가능하도록 화학 처리를 하고 상자를 들었다. 딸은 다시 활기를 되찾았다. 내 허리를 꼭 끌어안고 말했다.

"사랑해요, 아빠."

경복궁 입구가 시끌시끌했다. 나는 신무문으로 향해야 했기에 딸에게 타임캡슐을 맡긴 후 경복궁 뒤로 돌았다. 전기 자전거보다 오토바이가 더 빠르리라 생각해 아무 오토바이나 붙잡았다. 전에 주행했던 것처럼, 서울역을 통해 집과 가까운 기차역에서 내리려고 했으나, 광화문 광장 주변에 문화 반대파가 너무 많이 몰려있었다. 조금 돌아가더라도 경희궁 근교를 지나 서울역으로 가는 방식을 택했다. 맨몸으로 거리를 활보하는 이들을 지나 오토바이에 시동을 걸었다. 부릉, 하는 엔진 소리가 승리에 좀먹어가던 문화 반대파를 죄다 깨웠다. 경희궁 근처 길목을 지나가려는데 소리를 들은 그들이 개떼처럼 내게 달려들었다. 손잡이를 있는 힘껏 잡아당겼다. 아랑곳하지 않고 제 몸을 던져가면서 달려드는 짐승도 있었다. 무엇이 그들을 이렇게 만들었는지 이해할 수 없었다. 서울역에 도착했다. 죄다 부서져서는 멀쩡한 곳 하나 없는 도시. 신호등도 길거리에 고꾸라진 게 대부분에, 학교 근처 문방구는 전소되어 방치된 지 오래였다. 건물은 철근 구조물이 드러난 일부 형체와 재만 날렸다.

철길을 타고 내려가 우리 동네와 가까운 기차역에 도착했다. 인류가 일으킨 문화가 파괴되자 자연과 동물의 문화가 되살아났다. 하늘에는 종류 모를 새 여러 마리가 날아다니다 부서진 잔해 위에 앉았다. 이내 잔해 사이를 기어다니던 작은 곤충을 물었다. 다시 하늘을 향해 발돋움하던 새를 길고양이가 물고는 낚아채 갔다. 삭아가는 식물과 동물 사체에는 날벌레까지 꼬였다. 집으로 되돌아가면서 많은 매연을 뿜어대자 근처에 있던 동물들이 죄다 도망쳤다. 가는 길, 노란 등교 버스를 놓쳤던 사거리 중심에 연기가 자욱하게 퍼지고, 시꺼먼 잿더미가 쌓인 걸 목격했다. 옷가지 같은 게 있는 걸 볼 때 이곳에서도 옷으로부터 탈피하는 모임이 진행되었음을 짐작할 수 있었다.

집에 도착해 안경을 찾아 헤맸다. 서재에 도착하자 썩은 냄새가 풍겨왔다. 관리를 제대로 해주지 못해 물고기들이 서로 잡아먹거나 굶어 죽어서는 물 위를 둥둥 떠다녔다. 생명을 함부로 키우는 게 맞았을까 싶은 생각이 들었다. 자유롭게 바다를 가로지르지는 못할지언정. 냄새 때문에도 그렇고, 딸이 썼던 방이라 안경이 있을 거 같지는 않아 오래 있지 못하고 나왔다. 아, 타임캡슐. 그곳에 딸이 넣을 게 있을까 싶어 코를 한 손으로 막고 들어왔다. 딸이 친부모와 함께 찍었던 사진이 베개 위에 있었다. 눈물에 젖어 인화지가 살짝 일었다. 사진을 챙기고 다른 물건도 살폈다. 특별히 챙겨야 할 건 없었다. 큰 방으로 돌아가 안경을 찾기 위해 이곳저곳 뒤졌다. 옷장 안 특별한 날에만 꺼내 입는 단정한 옷 주머니에서 안경이 나왔다. 안경다리를 뽑자 USB 커넥터가 나왔다. 단 몇 분이 아까울 시간이었지만, 노트북을 켜 USB를 꽂았다. 기록된 영상 속 시간을 돌려 일요일, 세 번째 생존자가 우리 집에 찾아왔을 적 파일을 찾았다. 영상을 삭제했다. 괜히 세 번째 생존자와 접촉했다는 오해

를 받기 싫어서. 타임캡슐에 장식할 과거를 찾아 집 안 구석구
석을 훑었다. 아내가 어릴 적부터 아꼈던 때 탄 곰 인형과 아
들이 쓰던 일기장을. 각자를 추억할 수 있는 물건들을 챙겨 바
깥으로 나왔다.

많은 문화 반대파가 길거리를 활보하는 와중, 오토바이에 올
라 곧장 기차역을 향해 달렸다. 가는 도중 기름 표시등이 떴다.
철도를 통해 이동하면 기름이 떨어져 이도 저도 아닌 곳에 멈
출 확률이 높았다. 그렇다고 국도나 고속도로를 타자니 어디서
문화 반대파가 나올지 모를 노릇에 주유소가 멀쩡하다는 보장
도 없었다. 한참을 고민했지만, 기름 표시등이 뜬 이상 철길을
타는 건 무리한 방법이었다. 우리 지역에서 고속도로로 올라가
면 휴게소가 얼마 가지 않아 나왔다. 마지막 희망을 걸고 고속
도로로 오토바이를 끌었다.

표시등이 여러 차례 점멸했다. 정말 꺼지기 직전이었으나, 다
행히 고속도로 휴게소에 도착했다. 이곳은 흡사 차들의 무덤,
방치되어 멈춘 차가 주차장을 가득 채웠다. 혹여 주유소에 기
름이 없거나 주유기가 작동하지 않으면 멀쩡한 차량을 찾아 기
름을 뽑을 생각으로 먼저 주유소로 향했다. 가는 도중 기름이
다 닳아 오토바이가 멈추었다. 오토바이에서 내려 손으로 직접
끌었다. 주유기는 파손되어 작동하지 않았다. 앞쪽 주유기 네
대 전부 완파되었다. 어쩔 수 없이 멀쩡한 차량을 찾아 주차장
을 돌아다녔다. 휴게소 역시 테러 영향으로 건물이 무너져 내
려앉았다. 건물이 두 채인데 다행히 한 곳은 형체를 유지했다.

서울을 볼 수 있는 전망대가 있었다. 차량은 무너져 내린 건물처럼 대부분 형체도 알아볼 수 없게 폭발했다. 주유소에서 찾았던 기름통으로 겨우 멀쩡한 차량을 찾아 오토바이에 기름을 옮겼다. 문화 보호지는 괜찮은가 싶어 서울을 볼 수 있는 전망대로 올라갔다. 망원경에 눈을 가져다 대자 경복궁이 흐릿하게나마 보였다. 앞에 많은 문화 반대파가 모여서 언제라도 부수겠다는 작정을 한 듯 맴돌았다. 빨리 돌아가야겠다는 생각에 휴게소를 곧장 떠났다.

이번에도 광화문이 아닌 신무문을 통해 들어가려 경복궁을 한 바퀴 돌았다. 골목 사이로 보인 광화문 앞에는 인간성을 상실한 듯 발가벗은 채로 보호지를 향해 달려드는 문화 반대파가 넘쳐났다. 위태롭게 지탱하는 철책과 바리게이트. 그들은 있는 힘껏 철책을 밀어댔다. 맨살이 철책과 바리게이트에 긁혀 피를 잔뜩 흘려댔다. 물론 그 정도에 무너질 정도로 약하지 않았다. 문화에서 벗어나겠다던 말마따나 그들은 어떠한 도구도 없었다. 퇴화하고 있었다. 자신을 도태시킨 이들은 겨우 철책 하나 넘지 못해서 맨몸을 비비고 있었다. 그들은 인류가 종말에서 벗어나기 위해 문화를 끝내야 한다고 주장했지만, 되려 문화를 끝낸 이들은 미개했다. 조금씩 철책이 밀렸다. 문화 보호파는 힘을 합쳐 광화문을 닫았다.

신무문을 통과해 안으로 들어왔다. 부운영자가 오토바이 소리를 들었는지, 미리 신무문 쪽에서 기다리고 있었다. 나는 그를 따라 경회루 연못 북쪽 변으로 향했다. 매우 좁은 길목을 통해 건물 안으로 들어가자 하향정이라는 건물 이름이 나타났다. 하향정.

"문화재청에서 이 건물을 반기던가요?"

내 질문에 부운영자는 아무 말 없이 하향정 문을 열었다. 안에는 이미 핵심층 다섯 명이 전부 모여있었다. 각자가 녹화해 온 영상을 확인했다. 다행히도 문화재 관련 학과 교수가 불타기 전 국립중앙박물관을 영상으로 남겼다. 다양한 문화재가 영상 속에서 살아 숨 쉬었다. 나는 이들에게 다시 물었다.

"하향정은 문화재청에서 그리 달가운 건물은 아니지 않나요?"

"그나저나 이 영상은 뭐예요? 왜 당신 집에 세 번째 생존자가 있는 거죠?"

부운영자 말에 영상으로 눈을 돌렸다. 내가 지웠다고 생각했던 부분이 그대로 남아있었다. 삭제한다고 했는데, 오히려 다른 부분을 삭제해 버린 거였다. 나는 사실대로 말하려 했으나 이미 지워진 부분이 설명을 위한 중요한 부분을 담고 있어서 해명에 난관을 겪었다. 그들이 나를 의심스러운 눈초리로 쳐다보았다. 억울하다며 지금까지 문화재 보호를 위해 힘썼던 것들을 말해보았으나 오히려 더 안 좋은 반응만 이끌었다. 이를테면 이중 첩자라던가, 생존자들은 전부 한 패였다 같은 말.

"그래, 당신은 문화재로 가족을 잃었는데 어째서 문화재를 지키려 한 거지? 처음부터 수상했어."

문화재 보호원 말에 어처구니가 없었다. 문화재를 지키도록 권유했던 사실들은 까맣게 잊고 내 탓만 해댔다. 부운영자가 난색을 짓고서 다른 영상을 틀었다. 내가 나왔다. 배경은 공항, 찍었을 당시는 아마도, 고래가 나와 작별하기 바로 전. 앞에서 세 번째 생존자가 그들에게 던지는 질문 따위는 전부 생략한 채, 내가 하는 말만 되감기를 통해 몇 번이고 틀었다. 고래, 푸른 바다를 헤엄치는 고래, 일본은 포경이 한창이라던데, 아무쪼록 조심히 돌아오길 바랄게요. 고래, 고래. 그들은 이 말에 주목하여 내게 고래를 협박하고 죽음을 경고한 게 아니냐고 헛소리를 해댔다. 내가 아무리 그렇지 않다고 한들 그들에게 진실은 이제 소용없는 것으로 보였다. 그저 자신들의 실패에 대한 핑곗거리가 필요할 뿐. 나는 그들에게 멸시와 괄시를 받으며 하향정에 갇혔다. 그들이 무전기에 대고 무어라 하자 반대편에서도 무어라 하며 통신이 끝났다. 이윽고 하향정 문이 열리며 바깥에서 숭례문 배지를 단 체격 좋은 몇이 나를 끄집어 내렸다. 내가 한 건 아무 소용도 없는 짓임을 알았다.

나는 흥례문 앞으로 끌려가 강제로 무릎을 꿇어야 했다. 모든 문화 보호파가 보는 앞에서 그들은 없는 내 죄까지 만들어 고했다. 내가 사실은 문화 반대파에서 들어온 첩자라면서 지금까지 모든 정보를 저들에게 알렸다고 거짓을 속삭였다. 거짓은 대중을 쉽게 자신들 편으로 만들었다. 갈라지려던 신념은 나를 통해 하나가 되었다. 그들이 바라던 첫 번째 생존자의 상징이 이런 거였을지도. 집에서 가져온 곰 인형과 일기장을 빼앗겼다. 일기장은 내용을 샅샅이 살핀다는 명목 아래 한 장씩 찢었고, 곰 인형은 몸속에 무엇이 들어있을 줄 모른다며 배를 갈랐다. 솜밖에 나오지 않는 데다, 내용이라고는 초등학생 아들이 쓴, 하루를 요약한 여러 이야기밖에 없는 데도 무언가 있을 거라며 끝까지 나를 파고들었다. 끝끝내 투표가 열렸다. 말만 투표였지, 답은 정해진 거나 다름없었다. 투표가 시작되었다. 첫 번째 생존자를 보호지에서 추방하자. 무수히 많은 사람이 내가 자신들을 위해 노력한 바는 모른 채로 손을 번쩍 들어 올렸다. 광화문을 열고 나를 추방하려는 순간, 발버둥 치던 내가 바라본 곳에서 연기가 피어올랐다. 근정전보다 멀리, 우리가 회의했던. 그래, 경회루가 있는 위치였다.

보호지 내에 있는 문화 보호파가 죄다 안쪽을 향해 뛰었다. 경복궁과 그 터만이 인류에게 남은 마지막 문화재였기에 더욱 조급해졌다. 아름답다는 말로도 부족해 수려하다는 말을 덧붙일 정도인 오래된 목조 건물. 금방 불이 옮겨붙어, 금정전은 삽시간에 타올라 형체를 잃어버렸다. 나는 혼란을 틈타 딸을 찾아 나섰다. 근정전 근처에 라이터가 떨어져 있었다. 익숙한 문구가 눈에 띄었다. 오래된 고전 소설에 나오는 문구, 인류가 인류로 남기까지. 서재에 보관하던 라이터였다. 왜 이곳에 떨어져 있지. 라이터를 챙겨 주머니에 넣고 딸을 찾아 돌아다녔다. 경회루에 있으리라 짐작은 했지만, 일부러 문화 보호파를 피해 경복궁 터를 한참 돌아다녔다. 불타는 근정전 앞에 놓인 내 라이터와 알몸 상태일 딸. 의심이 갈 수밖에 없었지만, 애써 아니라고 부정했다. 의심을 외면하고, 내게 자꾸 떠오르는 실망감을 감추기 위해 오랜 시간을 끌며 경회루 앞으로 갔다. 역시나 딸은 그곳에 있었다. 미묘한 표정과 함께 타임캡슐을 손에 들고 있었다. 그 짧은 며칠간 무슨 일이 있었는지 추측조차 어려웠다. 다만 확실한 건 결국은 딸도 문화 반대파와 같은 뜻을 가지게 되었다. 어떤 것도 걸치지 않은 채 경복궁에 불을 질렀다고 한들 나는 내 앞에 있는 아이를 딸로서 품기로 마음먹었다. 나는 딸을 믿기로 했다. 타임캡슐을 들어 바닥에 놓고 딸을 끌어안았다.

"그래, 우리에게 중요한 건 죽은 아들도, 문화재 따위도 아닌 현재를 살아가는 우리겠지."

끌어안은 팔에 힘이 많이 들어갔는지 딸이 호흡을 거칠게 내쉬었다. 타임캡슐을 던지려고 딸과 함께 들었다. 그러나 우리는 던지지 못했다. 매우 큰 폭음이 딸을 놀라게 했다. 금정전을 포함해 여러 곳이 전소하는 것으로도 모자라 폭음과 동시에 어느 곳이 폭발했다. 여러 곳에서 비명이 난무했다. 보호지를 향한 테러가 시작되었다. 횃불이 경복궁과 그 일대로 던져졌다. 나는 타임캡슐을 챙기고서 딸과 함께 보호지 중앙으로 향하려 했으나 붉은 화염과 연기에 길을 잃고 방황했다. 보호지로 원숭이를 쏙 빼닮은 이들이 들어오기 시작했다. 그들은 주먹을 쥐고서 하늘을 향해 들었다가 인간에게 뻗었다. 어쩔 수 없이 옷을 벗어 알몸 상태로 딸을 이끌었다. 등에는 옷으로 포대기를 만들어 감싼 타임캡슐을 업었다. 보호지 중앙으로 가기에는 이미 많이 지체되어 늦어버렸다. 짐승들을 피해 높은 곳을 찾아 살폈다. 우리가 갈 수 있는 곳은 북악산밖에 남지 않았다. 짐승 울음소리를 모방한 소리가 터를 가득 채우고. 한 사람, 두 사람. 사람들이 옷을 강탈당하며 짐승으로 변해갔다.

보호지 중앙에서 헬리콥터가 떴다. 모든 짐승 소리를 한순간 잠재웠다. 비상용 밧줄을 타고 올라가는 이들이 눈에 보였다. 부운영자와 문화재 관련 학과 교수 두 명만 밧줄을 잡았다. 헬리콥터 안쪽에는 이제는 권력을 잃은 대통령과 문화재청장, 헬기 조종사만 존재했다. 무정부 상태에서 대통령과 청장이 왜 헬리콥터에 타고 있는지는 이해하기 어려웠다. 그들은 서쪽, 인천이 있는 곳으로 날아갔다. 그들을 걱정할 때가 아니었다. 그들을 믿고 따르던 이들이 전부 짐승으로 변해갔다.

"아빠는 그렇게 생각하지 않아요?"

헬리콥터에 집중하느라 말을 제대로 듣지 못했다. 다시 물었다.

"세 번째 생존자, 겨우 한 사람 신념으로 다 사라질 문화재였으면 그게 정말 인류를 상징하는 것들이라고 할 수 있는지요. 우리는 태어나서부터 그저 선동당한 일개 어린 희생양이 아니었을까요."

"아빠는…"

결국 딸 말에는 답해주지 못하고 북악산을 향해 이동했다. 뛰어가는 동안 경복궁을 포함한 보호지 전체 구역이 불타는 모습을 바라볼 수밖에 없었다. 과거 인류의 터전을 포함해, 현재 우리가 살아갈 모든 곳까지 완전히 파괴되었다. 뛰다가 지친 딸을 부축해 정상을 향하는 데 근처에서 말소리가 들렸다. 빠른 걸음으로 걷다가 마주하게 되었다. 경계 근무를 서다가 돌

아오는 문화 보호파로 보였다. 아직도 우리 구역이 안전한 줄
아는지 숭례문 배지를 찼다. 알몸인 우리를 보고 경계하다시
피 멀찍이 떨어졌다. 그러나 눈은 아직 어린 딸에게로 향했다.
그들 중 한 명이 우리를 경계하며 상황을 물을 때, 다시 폭음이
들렸다. 그들은 서둘러 우리를 붙잡으려 했다. 우리가 경복궁
에 테러한 것처럼 보인 모양이었다. 내가 첫 번째 생존자라 아
무리 말해도 그들은 믿지 않았다. 곧 우리를 뒤따라오는 발소
리가 들렸다. 보호원 한 명이 말했다.

"발가벗고 서 있는 모습 아무리 봐도 짐승 새끼 같지 않아요?"

뒤에서 인기척이 느껴졌다. 보호원들이 상황 파악 못 하고
저들끼리 떠드는 동안 우리는 근처 풀숲에 숨었다. 짐승들이
우리 뒤를 밟아 좇아왔다. 보호원들과 짐승들이 대치했다. 경
계 근무를 서기 위해 들었던 나무 막대기 같은 무기를 휘두르
며 보호원이 먼저 싸움을 걸었다. 짐승들은 막대기에 맞아 가
면서도 계속 앞으로 직진했다. 묵직한 주먹으로 보호원들을 구
타했다. 얼굴에 멍이 들다가 피투성이가 되는 순간까지도 짐승
들은 주먹을 멈추지 않았다. 그들은 인간성을 완전히 상실했
다. 이제는 바닥에 코를 가져다 대고 킁킁거리며 우리를 찾아
흩어졌다. 나는 몸이 굳어버린 딸을 보듬어 안았다. 폭력에 굴
복한 보호원들은 꿀렁이며 짙은 피를 토해냈다. 그러나 내가
도울 수 있는 건 없었다. 이미 숨을 거두기 직전의 상태처럼 겨
우 호흡만 붙들어 내뱉고 마시기를 반복했다. 나는 그들을 위
해 목을 졸랐다. 괴로워하던 표정도 잠시, 그들은 잠들 듯 눈을

감았다. 우리는 그들을 지나 더 높은 곳을 향해 올랐다.

한참을 오르던 중 근처에서 물소리가 들렸다. 딸과 마주 잡은 손에 땀이 맺혀 축축했다. 씻고 싶다는 충동을 강하게 느꼈다. 딸과 함께 물소리가 들리는 곳으로 향했다. 그곳에 계곡이 있었다. 더러워진 몸을 씻어내고 딸을 깨웠다. 딸과 함께 계곡물로 목을 축였다. 더는 못 걷겠다는 생각이 들 정도로 지치고 말았다. 저 멀리 정상이 보였지만, 정상을 향한 고뇌가 머리에 피어났다. 목적은 사라졌고, 그저 걷기만을 반복하고 있었다. 계곡물에 우리가 비쳤다. 아니, 짐승들이 비쳤다. 인간성을 상실한 그들과 닮은 나를 보자 회의감에 빠졌다. 해가 저물어감과 동시에 어둠이 다가오고 있었다. 결국 인류의 미래는 끝났다고 생각했다. 우리는 다시 도망칠 만한 곳을 찾으려 했으나, 이미 세계에 인류는 종말하고 말았다. 어디로 가든지 짐승뿐인 세상에서 우리가 할 수 있는 건 없었다. 이곳에서 자리를 잡아야 하나. 깊은 고민이 드는 밤이었다. 내게, 아니 우리에게는 크지 않은 타임캡슐 하나만이 남았다.

산에서 맞는 아침은 생각보다 쾌청했다. 언제 일어났는지 모를 딸아이는 계곡물을 퍼마셨다. 이내 주변에 굴러다니는 돌멩이를 들고 날아다니는 새들을 맞추기 위해 애썼다. 그러나 돌멩이는 닿지 않았다. 딸이 무엇을 하고 있는지 물었으나 돌아오는 답이 없었다. 몇 차례나 더 묻고서야 겨우 들을 수 있었다. 인간의 언어가 아닌 언어로.

"으르렁, 쾅쾅."

그것이 짐승의 언어였음을 단박에 알아차렸다. 딸은 저 멀리 날아다니는 새를 좇아 네 발로 뛰어다녔다. 또다시 도시에서 폭음이 들렸다. 시야를 확보해 그나마 나무에 가려지지 않는 곳에서 도시를 보았다. 경복궁과 그 터가 무너져 내렸다. 비슷한 크기의 건축물은 아무것도 없었고, 그저 평지와 낮은 시가지 건물 몇 채만 붕괴된 채 방치되었다. 내게 선택의 순간이 다가왔다. 이곳에서 계속 살아가느냐, 마을로 내려가 짐승처럼 살아가느냐. 이제 딸은 어디에서 살든 상관없을 정도로 짐승과 다를 바가 없어졌다. 산에 지낼 만한 곳이 있는지 살펴보기 위해 작은 활동 반경으로 움직였다. 타임캡슐을 감싼 포대기를 허리에 맨 채로. 멀지 않은 곳에 동굴이 있었다. 무엇이 있는지는 알 수 없지만, 우리가 지내기에는 부족함이 없어 보였다. 다시 딸이 있을 계곡으로 돌아가던 중, 마을에서 올라온 짐승들을 발견했다. 다행히 짐승들은 나를 발견하지 못했지만, 딸이 있는 곳으로 갔다. 나는 발소리를 죽여 조용히 추적했다.

딸과 짐승들이 마주했다. 그들은 네 발로 흙을 디딘 채 엉덩이를 치켜들었다. 이상한 울음소리도 함께 내며 서로를 경계했다. 그러나 딸은 그들에게 관심이 없었는지 다시 계곡물에 몸을 비비며 뛰어놀았다. 그들 역시 딸에게 관심을 꺼트리고 마을을 향해 내려갔다. 나는 딸이 놀고 있는 계곡 앞 바위에 앉았다. 물장구치고 신나게 노는 모습을 보자니 이것 역시 나쁘지 않은 생활이 아닌가 싶었다. 고심과 함께 머리를 붙잡고 있는 내게 딸이 다가왔다. 입에 물고 있던 돌멩이를 내게 건넸다. 참으로 예쁜 돌멩이였다. 고마워, 그런 말과 함께 돌멩이를 뚫어지게 쳐다보았다. 이제 바뀔 수는 없는 거겠지. 인류가 발전하기 이전의 모습으로 돌아간 도시를 다시금 눈에 담고 딸을 보았다. 아무것도 모른 채 밝게 웃으며 뛰어노는 모습이 어째서인지 더욱 행복해 보였다. 나무들이 바람에 쓸렸다. 마치 나무들 박수 같던 그 소리는 숲속의 공허함을 가득 메웠다. 그것으로도 부족했는지 뻗어가던 소리는 메아리가 되어 우리에게 돌아왔다. 메아리와 함께 또 다른 소리도 온 듯했다. 소리는 주적거리며 빗방울을 함께 떨어뜨렸다. 이슬비 같았던 비는 곧 소나기가 되어 우리의 어깨와 머리를 적셨다. 이상하게 불편하지 않았다. 우리를 덮는 옷이 더는 없었으니까.

"딸, 아빠가 찾은 곳에서 지낼까?"

딸은 관심을 가졌다. 찾았던 동굴을 향해 두 발로 걸어가는 나와 다르게 딸은 네 발로 따라왔다. 우리는 동굴 앞에 도착했다. 이제는 문화고 정체성이고 다 잃어버린 인류가 살아갈 마을을 보았다. 모든 문화재가 무너졌다. 인류는 자신들을 괴롭히던 잔재가 주는 괴로움에서 벗어났다. 나는 그들에게 묻고 싶다. 괴로움에서 정말 벗어났느냐고. 우리는 번뇌에서 벗어나지 못하는 존재. 잔재에서 벗어남과 동시에 괴로움에서 벗어났으면 이제 인류는 한 차례 진화하였는가, 답을 알고 싶다. 하지만 이제 물어볼 인간은 남지 않았다. 인류의 종말을 막기 위해 인류로서의 정체성을 포기한 짐승만이 남았다. 딸과 함께 동굴 안으로 움직였다. 동굴은 작아서 상체를 편 상태로는 들어

갈 수 없었다. 허리를 굽혀 동굴 깊숙한 곳으로 들어갔다. 그러나 포대기로 감싼 타임캡슐이 동굴 천장에 걸렸다. 타임캡슐을 들고서 동굴 밖으로 잠시 나왔다. 처분을 고민할 때 어디선가 굉음이 들려왔다. 동굴 깊은 곳으로 딸이 들어간 걸 확인한 후 소리의 근원지를 찾아 두리번거렸다. 하늘에서 나는 소리였다. 꼿꼿하게 허리와 목을 편 채 하늘을 보았다. 붉은 지구 심벌마크를 새긴 제플린 비행선이 하늘을 항해했다. 질문에 답해줄 인간이 적어도 한 명은 있어 보였으나 너무 멀었다. 모든 걸 두고 동굴 속으로 들어갔다.

홍, 피랑, 알노

강한 진동과 함께 땅이 흔들렸다. 산속 나무는 흔들리고, 새들은 갈피를 잃었다. 한 차례 큰 지진이 지나간 후 숲속에 한 노파가 나타났다. 문명과는 거리가 멀었는지, 몸에 옷가지란 걸치지 않았고, 드러난 피부는 알 수 없는 상처투성이였다. 여진이 오기 전까지, 어두운 밤을 가로지르며 노파는 숲속을 뛰었다. 의미는 알 수 없었다. 하늘을 보고 무어라 울부짖는 순간까지도 이해는 사치라는 듯 해석은 방관했다.

노파를 포획하기 위해 기다란 올가미를 든 빨간 머리 아이, 홍 역시 한참을 고민했다. 파란 머리 피랑과 노란 머리 알노는 홍의 말을 기다렸다. 진보한 과학 기술은 인류가 쓰는 언어를 발전시켰다. 그래서인지, 이제는 사어가 대부분인 노파의 언어만은 그 어떤 해석을 붙일 수조차 없었다. 그들이 든 올가미에 달이 갇혔다. 기다렸다, 노파가 조금 더 어두운 곳으로 이동할 때까지. 다들 정확하게 언급하지는 않았지만, 조금 더 어두운 곳이라 함은 결국 노파가 나온 동굴을 말하는 셈이었다.

여진이 강하게 몰아쳤다. 동굴 아래쪽에서 기회를 보던 신인류는 흔들리는 숲속에서 중심을 잡기 위해 근처 아무거나 잡았다. 피랑은 촉감이 이상한 막대기를 잡았다. 그것은 매끈했으며, 고깃덩어리 같은 게 살짝 붙어 있었다. 그 고깃덩어리는 약간의 털이 있었는데, 그간 고약한 악취와 함께 두통을 일으키던 원인을 간접적으로 찾아내고야 말았다. 막대기는 고정되어 있지 않아 피랑과 함께 산 아래로 살짝 굴러갔다. 남은 두 아이는 하마터면 소리를 지를 뻔하였으나, 노파가 눈치챌 것을 우려해 가까스로 입을 틀어막았다.

비상한 노력에도 밤이 내려앉은 숲속은 비명으로 가득 찼다. 막대기를 쥔 피랑이 기어코 소리를 낸 탓이었다. 노파는 움찔거리며 곧장 동굴로 뛰어 들어갔다. 이내 거대하고 둥근 돌덩이를 굴려 동굴 입구를 막았다. 올가미를 쥔 아이들이 급하게 뛰어가 동굴 입구를 강제로 개폐해 보려 했지만, 턱없이 무리였다. 신인류 셋이 달라붙어도 노파 한 명 팔뚝보다 더 얇았다. 어떠한 소득도 없던 신인류는 일단 철수를 택했다. 비명을 질러 노파를 놓치게 만든 장본인은 정작 지금 잡아야 한다고 주장했지만.

"소득이 없는 건 아니에요. 이걸 보세요."

태어날 때부터 유전적으로 머리색이 정해진, 그중 파란 머리를 가진 피랑이 말했다.

"나는 파란 머리 애들이 이래서 싫어. 도움이 안 되잖아."

빨간 머리 가문 대표 직계 후손 홍, 그가 뒤따라오는 알노와 피랑은 쳐다도 보지 않은 채 대꾸했다. 여전히 홍은 파란색 계열에 부정적인 인식을 지우지 못했다. 오히려 오늘 일로 더욱 확고히 새겼다. 그런 그도 내심 피랑의 말이 궁금하긴 했는지, 더 따지지 않고 올가미를 허공에 휘두르며 딴청 피웠다. 노란 머리 알노는 둘 사이를 위해 어색한 농담을 덧붙이며 웃어댔다. 피랑은 말했다.

"아까 붙잡은 건데, 뼈 같은 거예요. 심지어 고깃덩어리와 털도 그대로 남아있는데, 이건 흡사 사람 뼈처럼 생겼어요."

"산속에 동물이 먹다 남은 뼈가 돌아다니는 거야 이상한 게 아니지."

"만약 짐승이 짐승을 죽인 거라면요?"

피랑의 엇된 추측에 홍이 움찔거리다 괜히 올가미를 피랑에게 뻗었다. 재수 없는 소리, 그렇게 일축하고 홍은 다시 일행을 이끌어 하산했다.

하산하는 그들을 이끌던 인공지능 재플린이 말했다.

"근처에서 미상의 존재가 다가옵니다. 홍, 피랑, 알노와는 다른 파장의 진동입니다."

"동물이에요? 아니면 짐승이에요?"

피랑 질문에 인공지능은 신발 밑창에 달린 분석기를 통해 가까워지는 진동으로 연산했다. 희미한 윤곽이 신인류 앞에 모습을 드러낼 때 재플린이 연산 결과를 알려왔다.

"식별 불가."

"식별 불가라고? 너, 그거 최신 버전 맞아?"

알노가 신발 앞부분을 바닥에 두드려서 자신의 인공지능을 깨웠다. 잠에서 막 깬 인공지능이 주변을 분석하기 위해 파란 레이저를 주변에 방출했다. 홍, 피랑, 알노, 그리고 미상의 존재까지. 아마도 근방 유일한 생명체일 네 명을 레이저 파장으로 형체를 읽어댔다. 막 형체를 알기 직전, 홍이 말했다. 하늘로 세웠던 올가미를 금방이라도 미상의 존재에게 씌울 것처럼 뻗은 후.

"요즘 짐승은 동물과 다를 바가 없다더니."

홍이 올가미와 함께 미상의 존재에게 다가갔다. 올가미 막대에 버튼을 누르자 번쩍하고 전기가 들어왔다. 올가미에 흐른 전기가 순간 미상의 존재를 미약하게 보여주었다. 그것은 사족 보행을 하고 있었다. 달빛에 비친 눈동자가 게슴츠레 아이들을 지켜보았다.

"동물이면 풀어주면 되고, 짐승이면 잡아다가 연구소로 데려가면 돼. 너네도 위치 잡아!"

밤에 활동하는 건 역시나 피곤한 일인지 알노가 깊은 하품을 내쉬었다. 막내 피랑만이 주머니에서 휴대용 올가미를 꺼내 하늘로 들어 올렸다. 짐승이면 부모님이 좋아할 거야, 피랑은 생각했다. 다만 적극적이지는 않았다. 파란 머리 애들은 도움이 안 된다던 홍 말을 잊지 않고 기억하는 탓이었다. 그런 상황을 아는지 모르는지 홍은 애타게 미상의 존재를 잡으려 애썼다. 올가미를 목에 씌우기만 하면 된다는 생각으로 계속 위에서 아래로 내리꽂았다. 짐승은 거의 오십 년 전 대부분 지능이 퇴화했기에 홍은 마음 한편에 약간은 안일한 생각을 가졌다.

"어? 어! 얘들아!"

짧은 비명과 함께 올가미 전기가 주변으로 심하게 튀었다. 나무에는 불이 붙었고, 옆 작은 계곡은 빠진 올가미로 전기가 흐르기 시작했다. 잘못하다가는 쉽사리 감전되기 일쑤였다. 불은 쉽게 다음 나무로 옮겨붙었다. 당장 끄지 않으면 불이 온 숲을 다 태워버릴지도 몰랐다. 놀란 피랑과 알노가 서로 주고받던 수다는 접어두고 홍을 향해 고개를 돌렸다. 홍은 미상의 존재에게 붙잡혔다. 나무에 붙은 불이 미상의 존재를 드러냈다. 그건 동물보다는 사람의 형태에 더 가까운, 짐승이었다. 손과 발을 모두 사용해 사족 보행을 하며 기다란 목을 정면으로 내뺐다. 오랜 야생에서의 생활로 손과 발이 신인류와 달리 기형적으로 변했다. 각 가락이 서로 가까이 붙지 못하고 벌어져서 나무를 오를 때나 유리해 보였다. 진화라기보다는 일시적인 변형으로 보였다.

한때는 신인류와 같은 조상을 두었던 구인류. 스스로 퇴화를 선택하여 모든 문화재와 인류 정체성을 버렸다. 그런 그들이 고무장갑을 낀 채 홍 목을 팔로 죄었다. 그럴 리 없다며 피랑과 알노는 동시에 눈을 비볐다. 신인류가 놀란 건 구인류에게 습격당해서가 아니었다. 그들이 다시 학습하기 시작해서였다. 고무장갑을 끼고 있는 구인류 모습은 가히 충격이었다. 전기 올가미가 통하지 않을지도 모른다는 불안과 함께 자신들의 과학기술이 조금씩 의심받기 시작했다.

"분명 지능이 다 퇴화하였을 텐데, 어째서."

그때 시가지 쪽에서 인공지능 재플린의 목소리가 들렸다.

"마지막 위치까지 얼마 남지 않았습니다."

하늘로 작은 구슬이 튀어 올랐다. 구슬이 번쩍거리며 폭죽이 터졌다. 색색 폭죽과 굉음에 구인류가 머뭇거렸다. 홍을 붙잡은 채로 이러지도 저러지도 못하는 동안 산에 난 불꽃을 보고 뛰어온 어른들이 짐승을 둘러쌌다. 홍 아버지, 빨간 머리 가문 리더 하홍이 상황을 빠르게 파악했다. 가면을 쓰고 있어서 표정을 읽을 수 없었다. 빨간색으로 된 가면은 웃는 표정을 해학적으로 표현했다. 마치 하회탈처럼 생겼다. 그러나 분명 불쾌하다는 감정을 품고 있음은 알 수 있었다. 목 긁는 소리를 내며 가만있지 못했다. 하홍은 뒤따라오던 가문 사람이 든 총을 빼앗아다가 짐승 머리에 영점을 조절했다. 소리는 둔탁했고, 속도는 빨랐다. 가볍게 개량된 테이저건이 정확히 짐승 머리에 꽂혔다. 아니, 꽂혔어야 했다. 짐승은 날아오던 테이저건 총알을 고무장갑으로 낚아챘다. 전력 다이얼을 최대치로 올렸으나 전기는 통하지 않았다. 짐승을 잡기 위해 하홍이 재플린으로 상황 대처법을 분석했다. 그동안 신인류는 구인류를 상대로 대치하며 최대한 사상자를 내지 않는 방향으로 갈피를 잡았다.

하홍의 인공지능은 구인류와의 대화를 유일한 해결 방안으로 내세웠다.

"짐승은 인류와 대화가 통하지 않아. 그건 대 인공지능 재플린 역시 알고 있는 사실이지 않나. 그냥 여러 곳에서 동시에 테이저건으로 사격하는 게…"

"아니, 나는 재플린 말대로 한다. 인공지능 재플린, 신인류와 구인류 번역을 준비해."

인공지능 재플린이 하홍 눈앞에 홀로그램을 띄웠다. 구인류 언어를 신인류 언어로 번역해 주는 프로그램이었다. 하홍은 말했다.

"오래전 인류이기를 포기한 짐승이여, 이제야 나타나 우리를 위협하는 이유가 무엇이오."

홀로그램이 하홍 말을 구언어로 번역해 송출했다. 주변을 경계하며 가만 듣고 있던 짐승이 고무장갑 아래 날카롭게 갈린 돌멩이를 보여주었다. 달빛조차 거부해 땅으로 반사했다. 설사 목이라도 긋는다면 치명상을 입을 정도로 날이 얇게 섰다. 깊게 베이면 죽음도 불사해야 할 정도였다. 조금씩 다가가려던 신인류는 돌멩이를 보고 다시 일정 거리를 벌렸다.

"그래… 옛이야기지… 재플린을… 만든 자가… 구인류를 파멸로… 이끈…"

모든 이들이 놀라 입을 다물지 못했다. 짐승, 구인류가 신인류의 언어로 더듬더듬 말을 이어갔기 때문이었다. 하홍은 놀랍다는 반응이었지만, 동시에 흥미롭다는 반응을 보였다. 참지 못하고 올라가는 입꼬리로 씰룩대며 웃었다. 홍은 짐승에게 붙잡혔다는 사실에 수치심을 느끼는 것으로도 모자라 모든 이들이 자신을 한심하다는 듯 쳐다보는 것 같아 알 수 없는 감정이 끓어올랐다. 약간의 분노도 함께였다.

"당신은 어찌 우리 신인류 언어를 구사할 수 있는 건가."

하홍은 가면을 매만지며 불편한 기색을 계속 표현했다. 이를 알아챈 대부분 가문 사람들은 소리 없이 전기 총의 전격을 최대치로 올렸다.

"우리는… 그래… 모여 살아간다… 이곳은… 구인류에게 터전… 방해하지 말라… 우리의 휴식을…"

"이 산이 당신들의 터전이란 말인가?"

구인류의 말에 대꾸하던 하홍이 껄껄껄, 거리며 큰 소리로 웃어댔다. 어찌나 크게 웃었는지 놀란 새들이 도망쳤다. 눈물도 찔끔 흘렸는지, 소매로 훔쳤다. 하홍이 웃는 이유를 알고 있던 홍이 같이 덩달아 웃었다. 신인류 대부분이 둘을 따라 조금씩 소리내어 웃었다. 웃음에 묻어가며 구인류를 둘러싸고 천천히 돌았다. 짐승은 괴로워했다. 악에 받쳐 소리 질렀다. 신인류가 만든 원이 조금씩 줄어들고 있었다. 어느새 눈치챈 짐승은 돌멩이로 홍 목 바로 옆에 가져다 댔다. 그러거나 말거나 홍은 더 크게 웃었다.

"두렵지… 두렵지 않단… 말인가…"

"이곳이 짐승들 터전이라는 건 진작 알고 있었지. 너희를 사냥하기 위해 우리가 들어왔다, 이 말이야."

"당신들은… 이곳에서… 우리 중… 그… 누구도… 볼 수 없다…"

그때 가장 어린 피랑이 이들 대화에 끼어들어 말했다. 저 멀리 동굴이 있던 위치를 가리키면서. 그리고 자신이 들고 있던 뼈를 들어 보이고.

"우리는 동굴로 들어가는 노파를 발견했어요. 흥미로운 사실도 알아냈고 말이죠."

"흥미로운 사실?"

재미있다는 듯 하홍이 지켜보았다. 피랑은 자신을 무시했던 홍의 아버지가 관심을 주자 들떠서는 말 대신 행동을 이어갔다. 가방에서 간이 키트를 꺼냈다. 뼈에 붙어 있던 고기 중 일부를 집게로 떼어다가 키트 내부에 집어넣었다. 분석은 겨우 몇십 초도 지나지 않아서 끝났다. 키트 결과지를 뽑아내 하홍에게 건네면서 피랑은 말했다. 결과지에는 피랑 예상대로 이 뼈가 인간의 것임을 증명하는 수치를 보여주었다. 인간 유전 정보와 거의 일치했다.

"구인류, 그러니까 짐승들은 서로를 공격하기 시작했어요."

"역시 미개한 존재들. 동족을 혐오하여 제풀에 쓰러져 나가는군."

그때였다. 빨간 머리처럼, 홍이 붉어진 것이. 짐승에게 붙잡혀 위협당하던 목에서도 피가 흘러나왔다. 짐승이 돌멩이로 힘껏 홍의 목을 그어버렸다. 신인류는 홍을 구하기 위해 곧장 테이저건을 발사했다. 사방에서, 최소 열 개는 넘는 테이저건 총알이 짐승에게 박혔다. 순식간에 전류가 흘렀다. 하홍은 급하게 홍에게 뛰어가 목을 붙잡았다. 홍 부자에게 죽어가면서까지 다가오는 짐승을 본 하홍은 즉각 사살을 허용했다. 전격 총을 쏘지 않은 일부는 앞쪽 총열을 레일건 형식으로 갈아 끼웠다. 함께 연구하러 온 파란 머리 가문 연구원이 하홍에게 사살은 안 된다고 말했다. 귀중한 연구자료라는 말을 덧붙이며. 노란 머리 의료관 역시 사살에 부정적인 반응을 내비쳤다. 그들이 채 말을 마치기도 전에 짐승은 죽었다.

붉게 물든 홍은 가장 가까운 신인류 근거지 노란 머리 가문의 응급실로 옮겨졌다. 목을 붙잡고 머리색과 똑같은 핏물을 입으로 뱉어가며 무어라 말하려 애썼지만, 그 누구도 알아들을 수 없었다. 곧장 수술실로 향했다.

"고생했다. 비록 원래 목적은 달성하지 못했지만, 위치라도 알았으니 상관없다."

하홍 말에 알노가 조용히 되물었다.

"노파를 놓쳐서 어쩌죠?"

토벌, 그런 단어를 중얼거리며 하홍은 자리에서 일어났다. 가면 아래로 거친 숨소리가 들려왔다. 붉은 가면, 빨간 머리처럼 흥분해 얼굴 역시 빨갛게 달아올랐을 것이라고 알노는 생각했다. 하홍은 아들 수술이 제대로 되고 있는지 확인하기 위해 수술실로 들어갔다. 수술실 앞에서 이러지도 저러지도 못하던 피랑과 알노는 곰곰이 생각했다. 오늘 있었던 일에 대해. 짐승은 지능이 없는 상태라고 배웠기에 오늘 일은 당황스러운 상황의 연속이었다. 안정을 되찾고자 알노는 자리에서 일어나 수술실 옆에 마련된 간호사실로 갔다. 그곳에는 노란 머리에 알노와 비슷한 눈매를 가진 여자가 앉아서 인공지능이 펼쳐준 홀로그램 차트를 읽고 있었다. 피랑도 알노를 뒤따랐다.

"누나, 나야 알노."

알노 말에 간호사가 쳐다보았다. 무심한 듯한 표정과 다르게 여러 안부를 물어왔다. 요즘은 어때, 라던가. 짐승 사냥은 힘들지 않니, 같은 질문들.

"오늘 이상한 일이 있었어. 진정제 좀 구할 수 있을까 싶어서."

"이번에 새로 나온 진정제 있는데 구해줄까?"

"신인류로 임상실험 한 진정제야?"

"아니, 그건 인권 침해야. 신인류는 누구나 동등한 권리로 살아갈 의무가 있어서 임상실험 불가야."

알노 누나는 말을 잇지 않고 비상용 약통에서 포장된 진정제 한 알을 꺼내 올려놓았다. 알노는 진정제를 챙기면서 포장지 겉에 적힌 문구를 읽었다. [안심하고 드세요. 모든 의약품은 구인류를 통해 임상실험을 끝냈습니다.] 알노는 순간 묘한 감정을 느꼈다. 무엇이 알노를 흔들었을까. 한참 고민하던 끝에 내린 결론은 하나였다. 목이 붉은 피로 물든 홍, 홍을 그렇게 만든 짐승에게 무차별하게 쏟아지는 테이저건 총알, 총알로 흘러가는 전류가 짐승을 흔들어놓던 것. 그때 들었던 짐승의 절규를 잊지 못했다. 하홍의 분노에 전기를 과부하 시키자, 짐승은 빠르게 검어졌다. 피부는 물론, 입술 같은 분홍빛 도는 부위는 색을 잃었고, 모든 체모가 다 빠졌다. 그렇게 짐승, 한때는 인류의 정점이던 구인류는 죽어갔다. 불에 태워버린 고기, 그게 혼란스러운 상황 속 구인류를 정의 내렸다.

알노는 급하게 진정제 한 알을 삼켰다. 심장이 두근거렸다. 기억 속에서 검은 짐승이 지워지지 않았다. 알노의 이상한 낌

새를 알아차린 건 피랑 역시 마찬가지였다. 피랑은 알노, 홍과 다르게 초등 교육을 이수 중이라 아직 많은 걸 알지 못했다. 피랑이 짐승 사냥에 발을 들인 건 단순히 호기심 때문이었다. 짐승 사냥꾼은 구인류를 누구보다 가까이서 볼 수 있었다. 피랑은 진실을 알고 싶었다. 진실이라 하면 그 아이에게 신인류와 구인류는 무엇이 다른가였다. 내일 낮이 오면 직접 찾아가기로 마음먹었다. 오늘 밤, 꿈속에서 구인류를 만나면 물어보겠다 다짐했다. 무엇이 당신들을 우리와 다른 존재로 만들었는가, 하고.

파란 머리 가문 구역으로 돌아가려 했으나, 밤이 깊어진 관계로 피랑은 알노 집에서 함께 밤을 보냈다. 노란 머리 가문은 천장을 강화 유리로 만들어 하늘을 볼 수 있었다. 두 아이는 머리를 맞대고 하늘 위 떠 있는 별과 달을 보았다. 피랑이 알노에게 물었다.

"우리 파란 머리 가문에서는 진실은 위대하다고 가르쳐요."

"갑자기? 우리 가문에서는 모두가 평등하다고 가르쳐. 그나저나 그건 왜?"

"저기 뜬 별과 달이 마치 눈과 코처럼 생기지 않았어요? 뻥 뚫린 하늘에 시커먼 하늘을 보니까 몇 시간 전 일이 생각 나서요."

"잊어버려. 아직 그런 구인류는 끝도 없이 많아. 물론 나도 기분이 이상하긴 해."

신음과 비슷하게 앓는 소리를 내던 피랑이 알노에게 넌지시 제안했다.

"우리 다시 산속 노파 찾아가 보지 않을래요? 물어보고 싶은 게 있어요."

"어차피 우리가 가지 않아도 구인류는 싹 다 토벌될걸?"

피랑이 하늘을 보고 별을 따라 선을 긋다가 화들짝 놀랐다. 토벌이라는 말은 예상치도 못했다. 그러고 보니 바깥이 생각보다 분주하다는 게 느껴졌다. 시끌벅적한 소리도 들려왔다. 노란 머리 가문은 밤을 조용하게 보내는 편이다. 이상했다. 귀 기울여 바깥소리에 집중하니 하홍과 비슷한 목소리도 들렸다. 제법 흥분해서는 버럭버럭 소리를 질렀다. 노란 머리 가문 대표 목소리도 얼핏 들렸다. 한 명은 이성을 제대로 놓은 듯했고, 다른 한 명은 침착하게 이성을 붙잡고 있는 듯했다.

"바깥이 제법 시끄러운데 무슨 일이 일어나는 거예요?"

그러나 알노는 누나로부터 받았던 진정제를 먹었던 탓에 금방 잠들고 말았다. 어쩔 수 없이 피랑은 이 층 창문을 열어 바깥을 확인할 수밖에 없었다. 역시나 하홍과 비슷한 목소리는 하홍이었고, 다른 이는 노란 머리 가문 대표였다. 그들은 알노가 말한 것처럼 토벌과 관련한 이야기로 언쟁을 벌이고 있었다. 듣기로 하홍은 토벌을 주장했고, 노란 머리 가문 대표는 토벌을 반대했다. 둘 다 이유는 명료했다. 자기 사람들을 지키기 위함이었다. 토벌은 홍을 잃을 뻔한 하홍이 자기 사람들을 지키기 위한 결단이었고, 노란 머리 가문 대표는 신인류가 홍처럼 될까 봐 무리하지 말자는 거였다. 저 멀리 파란 캡슐을 타고 누군가 오고 있었다. 캡슐에서 내린 이는 피랑 어머니였다.

"오늘은 파란 머리 가문 대표님을 대신해 제가 왔습니다."

"자, 하홍 씨와 제가 주장하는 바는 전해 들었을 겁니다. 이제 파란 머리 가문에서만 의견을 말해주면 됩니다."

"저희는 이번 토벌 작전에 참여하지 않겠습니다."

하홍은 자신의 색깔처럼 붉게 날뛰었다. 가면이 들썩여 하마터면 떨어질 뻔했다. 여의치 않고 계속 흥분했다. 빨간 머리 가문 대표가 되고 물려받아 남들 앞에서는 한 번도 벗지 않았던 가면이 오늘에서야 벗어질지도 몰랐다. 그러거나 말거나 피랑 어머니와 노란 머리 가문 대표는 둘만의 이야기를 이어갔다. 날뛰던 하홍이 옆에 있던 테이저건을 들고 피랑 어머니와 노란 머리 가문 대표를 향해 영점을 조절했다. 한참 고민하며 겨냥하다가 테이저건을 내려놓았다.

"다른 가문에서 협조하지 않는다면 우리끼리라도 가겠소."

"우리를 위해서라고 하지만, 실상은 당신의 복수 때문이잖습니까."

피랑 어머니가 하홍에게 말했다. 하홍은 테이저건 끝부분 총열을 레이저 형식으로 바꿔 달면서 말했다.

"당신이 나와 같은 상황이래도 똑같은 말을 할 수 있는지 보겠소. 이만 해산하오. 우리는 우리대로 준비할 테니."

하홍을 포함한 빨간 머리 가문이 노란 머리 가문 구역에서 철수했다. 피랑 어머니는 이곳에 있는 피랑을 데려가기 위해 노란 머리 가문 대표와 말을 이어갔다. 그러는 동안 피랑은 한 가지를 결심했다. 산속 노파와 구인류를 찾아가야겠어, 하고.

피랑 어머니가 알노 집 앞까지 다가왔다. 이전에 뒷문에 관해 설명 듣지 못했다면 피랑은 어머니와 함께 제 구역으로 돌아가야 했을 테다. 뒷문을 통해 빠져나온 피랑은 노란 머리 가문 사람들 눈을 피해 조용히 저 멀리 있는 북악산을 향해 뛰어갔다.

피랑은 신발을 두드려 인공지능을 켰다.

"재플린, 상황 보고 하지 말고 번역 기능만 켜 줘."

인공지능 재플린은 피랑 눈앞에 홀로그램 창을 띄웠다. 가끔씩 들리는 자연 소리, 이를테면 나무가 바람에 흔들리는 소리나 계곡물 흐르는 소리를 인식해서 엉뚱한 말로 번역하기도 했다. 낑낑. 이름 모를 동물이 고통스럽게 울부짖는 소리에 이끌려 그곳으로 향했다. 계곡에 머리를 처박고 쓰러진 강아지 같은 동물이 있었다. 죽은 듯 보였지만, 다리를 계속 떨어댔다. 그리고 근처 위쪽 계곡에 전기 올가미가 빠져 있는 걸 확인했다. 피랑은 조금만 더 가면 노파와 동굴을 만날 수 있으리라 짐작했다. 밤, 어쩌면 새벽에 더욱 가까운 시간에 숲은 많은 걸 숨겼다. 숲이 숨기는 모든 건 어둠에 감추어졌다. 공포가 옅게 나돌았다. 피랑은 발을 재촉했다. 걷고 걸어서 당시 보았던 동굴 앞까지 왔다. 여전히 커다란 돌이 입구를 막고 있었다. 주변을 살펴보던 피랑은 기다렸다. 커다란 돌이 열릴 때까지. 얼마나 지났을까, 천천히 동굴이 열렸다. 피랑은 숨을 죽이고 가까이 다가갔다. 그때, 동굴 어둠 속에서 윤곽 하나가 드리웠다. 눈앞에 무엇을 기다리는 듯 노파가 가만히 서 있었다. 놀란 피랑은 뒷걸음질 치다가 산비탈을 굴렀다. 제멋대로 굴러가다 나무에 머리를 박고 기절했다.

"제 이름은 재플린입니다. 인류를 돕기 위해 창조된 인공지능입니다."

눈을 뜬 피랑을 구인류가 둘러쌌다. 끌려온 동굴 안은 피랑 예상만큼 어둡지는 않았다. 천장 곳곳마다 전구가 박혀 밝았다. 바깥세상과 이곳은 별반 다를 바가 없었다. 유일하게 다른 점이라면, 그래. 피랑은 이곳은 사람이 살기에는 적합하지 않은 장소라고 생각했다. 천장이 막혀 있고, 좁고 갑갑한 데다 숨 쉬기가 어려웠다. 알노 집 천장이 그리워졌다. 지금 상황에서 유일하게 자신에게 도움을 줄 수 있는 인공지능 신발을 누군가 다루고 있었다. 재플…린…

"너는… 어디… 왔나… 무엇… 위해…"

피랑은 겁에 질려 인공지능에게 소리쳤다.

"재플린! 번역하면서 구조 요청해 줘!"

"구조 요청을 시작… 재플린이 종료됩니다."

피랑의 간절한 요청과 다르게 재플린은 금방 종료되었다. 구인류 중 누군가 인공지능을 종료시켰다고밖에 이해할 수 없는 상황이었다. 하지만 그들은 지성을 잃은 존재들, 인공지능을 종료시키는 방법을 알 리가 없었다. 저 안쪽에서 흐느끼는 신음이 들렸다. 이상하게도 구인류가 피랑에게 길을 열어준 것처럼, 소리가 나는 곳으로 길이 트여있었다. 피랑은 소리에 이끌려 탁 트인 길을 걸었다. 지나가는 내내 구인류가 피랑을 향해 눈길을 흘렸다. 기분 나쁜 눈길을 피해 시선을 아래로 내렸다.

피랑은 아버지와 함께 연구소에서 관찰하던 구인류를 떠올렸다. 구인류는 알노, 홍과 비슷한 또래거나 약간 더 나이가 많아 보였다. 연구소 사람들은 성별을 칭할 때 여자, 여아 대신 암컷, 암놈이라고 칭했다. 암놈은 발가벗은 채로 연구소 구석에 앉아있었다. 다른 구인류와 다르게 연구소에 데려온 이유는 간단했다. 지능을 가지고 있었다. 물론 점점 미쳐갔기에, 그건 별 볼 일 없는 저주받은 재능이었다고 생각했다. 곧 손톱을 물어 뜯고 바들바들 떨어댔다. 가끔은 실험을 위해 자랄 때마다 밀어버린 두피를 매만지며 벽에다 박았다. 붉은 피는 벽에서 지워졌지만, 이상하게 얼룩이 남아있다는 착각이 들었다. 다른 구인류와 다르게 노란 머리 가문 대표가 와서 직접 간호했다. 신인류와 직접 접촉해서인지, 구인류도 신인류처럼 노란색 머리카락이 자라났다. 신기한 상황이라며 파란 머리 사람들은 더욱 괴기한 실험을 진행했다. 그럴수록 괴상한 소리를 지르며 연구소 실험실 안을 날뛰었다. 다행히 연구소 실험실은 넓은 데다 높아서 탈은 없었다. 암놈 신장보다, 혹은 그 몇 배를 곱해도 닿을 수 없을 높이에 강화 유리가 존재했다. 고통스러워하던 암놈은 어느 날 이유도 모르게 죽었다. 노란 머리 가문 대표가 간호를 봐주고 간 다음 날이었다. 피랑은 암놈이 자신들을 보고 무슨 생각을 했을지 궁금했다. 매번 잠에서 깨어나 누군가를 애타게 찾듯 구슬피 울던 모습은 그다지 반갑지 않았다. 제 또래와 다를 바 없는 인간 모습은 더욱더. 자신들과 다를 바 없이 생긴 그때 그 암놈을 피랑은 부정하지 않았다.

기분 나쁜 눈길을 피해 동굴 안쪽으로 들어갈수록 대화 소리는 선명해졌다. 자신을 쳐다보는 짐승들이 속닥거리는 소리, 기분 나쁜 눈길, 그 모든 것들에서 피랑은 수치심을 느꼈다. 흡사 연구실에 박혀 하루 종일 관찰당하던 암놈과 비슷한 크기를 지닌 감정이었다. 소리 끝에 도달한 피랑은 놀라고 말았다. 익숙한 실루엣을 가진 자가 있었다. 검은색 간호복을 입었다. 눈은 절로 머리를 향했다. 연구실에서 보았던 해바라기처럼 밝은 노랑. 노란 머리 가문 사람이었다. 무언가로부터 허벅지를 길게 베여 출혈이 멎지 않는 짐승을 수술하고 있었다. 수술이 끝났는지 허벅지를 꿰맨 자리 위에 투명한 재생 테이프를 덧댔다. 자기 다리를 만지며 이해할 수 없는 언어를 내뱉던 짐승 말과 함께 노란 머리 가문 사람이 뒤를 돌았다.

"안녕, 아까 동생 진정제 타러 왔을 때 봤었지?"

알노 누나였다. 피랑은 바로 눈 앞에 펼쳐진 상황이 믿기지 않는지 이곳에 있으면 안 되는 신인류 얼굴을 손으로 쓸었다. 부드러운 피부 촉감과 함께 겉에 난 얇은 솜털이 함께 느껴졌다. 알노 누나가 수술 도구를 휴대용 주머니 안에 정리했다. 주머니를 허리춤에 차고 조심스레 동굴 바닥에서 일어났다.

"이건 우리 가문에서 대대로 이어가는 행동이야. 구인류 중 환자를 찾아 돕는 것. 그것이 선대 선조의 바람이기도 할 테지."

"여기서 이러고 있는 걸 가문 사람들이 안단 말이에요?"

"정확히는 우리 가문 사람 일부만이지. 너 고등 교육은… 아, 우리 동생보다도 어리니 아직 중등 교육도 안 마쳤겠구나. 혹시 아직 초등 교육을 배우는 중이야?"

"그게 크게 중요해요? 빨간 머리 가문과 노란 머리 가문, 파란 머리 가문은 상호 협약 아래 신인류 발전과 끝없는 진보를 위해 살아가야 한다고 했는데 왜 구인류들과 함께 있는 거예요?"

알노 누나는 아직 피랑이 배우지 못한 고등 교육의 일부분을 알려주었다. 역사, 오늘날로부터 백여 년 전, 이곳 지구에 있었던 일을. 부처라는 숭배 대상으로부터 살아남은 세 사람이 벌인 일로 인해 세상에 인류가 짐승의 삶을 추구하기 시작했다. 모든 인류가 짐승이 되고 난 후, 인류이기를 포기하지 않은 몇 사람들이 군집을 이루어 서울로 모였다. 마지막 인류가 있다는 소식에 찾아왔지만, 그들 역시 초토화되었다. 군집은 각자 군인, 간호사, 과학자로 이루어졌다. 이들은 협업해 파괴된 시가지를 복구하기 시작했다. 문명을 되살리는 행위에 반대하는 짐승들이 나타나 그들을 습격할 때도 적지 않았다. 그럴 때면 군인 무리가 남은 인류를 지키기 위해 안간힘을 썼다. 군인 무리가 시가지를 방어하는 동안, 간호사들은 군인을 포함해 부상자들을 치료했다.

"선조들이 추구했던 이념은 하나야. 지구에 사는 모든 생명체는 평등하다. 신인류와 구인류를 구별하지 않고 치료하는 게 사명이 된 이유지."

과학자들은 빠른 속도로 시가지를 복구했다. 문제는 적은 인원과 계속되는 습격으로 한정된 장소에 국한했다. 북악산 아래, 옛 서울 중심지만이 신인류가 터전으로 삼을 수 있게 된 유일한 장소였다. 짐승으로부터 살아남기 위한 투쟁은 그들의 수명을 빠르게 단축했다. 시가지 복구와 짐승으로부터의 방어 등, 궂은일에 동원된 군인 무리가 빠른 속도로 줄어갔다. 신인류는 종말을 피하고자 결혼과 출산 시기를 구인류일 적보다 훨씬 앞당겼다. 더해 고유 장점을 살리기 위해 같은 무리끼리의 결혼만 허용했다. 군인, 간호사, 과학자. 세 부류는 피가 섞이지 않게 되었다. 혼란을 피하고자 과학자 무리가 유전자 정보에 손을 댔다. 첫 세대가 탄생한 후 그들은 고유한 머리색을 가져야 했다. 군인들은 빨간색, 간호사들은 노란색, 과학자들은 파란색 머리색을.

알 수 없는 병이 나돌았다. 빠르게 인류가 늘어났지만, 그보다 더 빠른 속도로 인류는 줄어들었다. 구인류 상대로 방어만 하던 신인류는 결단했다. 먼저 쳐들어가서 구인류를 잡아 오자. 때마침 알 수 없는 병의 백신이 만들어졌지만, 실험할 대상이 만만치 않은 그들에게는 좋은 기회였다. 지금껏 그들을 죽여온 짐승들을 구실 삼아, 신인류는 재기한 문명으로 사냥을 시작했다. 겨우 백여 년 만에 세대가 많이 바뀌었고, 나이 든 이는 보기 드물다 못해 없었다.

"그래서 너희에게 노파의 주거지를 찾아보라고 한 거지."

동굴 가장 끝까지 걸어가면서 알노 누나는 고등 교육 시간에 배울 역사에 관해 설명했다. 마침내 동굴 끝에서 피랑은 마주했다. 그토록 찾길 원하던 노파를. 노파는 몸 앞에 작은 보따리를 풀어놓았다. 배가 갈라진 곰 인형이 들어있었다. 잡다한 것도 함께였지만, 대부분 세월과 함께 삭았다. 동굴 끝은 마치 노파만을 위한 공간처럼 보였다. 어울리지 않는, 어린아이나 좋아할 법한 리본 장식들이 동굴 벽에 잔뜩 매달렸다. 바닥에는 녹다 만 초가 잔뜩 늘어서서는 커다란 불꽃을 이루었다. 불꽃 뒤로는 아무것도 없는 듯했으나, 희미하게 보였다. 깨끗하게 발라진 성인 남성 크기의 해골 하나가. 입구가 막힌 동굴 속, 작은 틈새로 들어온 바람에 불꽃이 일렁였다. 그리고 그 틈으로 피랑 역시 해골을 보았다. 죽은 지는 오래되어 보였다. 육식하고 남은 뼈라기에는 너무 고았다. 매끈하고 새하얀 색깔은 세월에 모든 게 삭았을 때만 가능한 모양이었다.

피랑 눈에 갇힌 해골을 본 노파가 조용히 읊었다.

"당신은… 죽었으면 죽… 은대로 삭아가는… 짐승의 삶은… 어울리지 않아… 유일했던… 내 생에 인간…"

피랑은 의도적인지는 몰라도 해골을 막아선 노파를 보고 말했다.

"만나고 싶었어요. 저는 궁금한 게 많거든요."

"그래… 말해보아라…"

"평소 짐승 사냥… 아… 그, 구인류를 데려가는 일은 우리보다 더 나이 많은 형들이 하는데 왜 우리가 노파 당신을 데려오는 일을 맡았는지, 당신 존재가 무엇인지 알고 싶어요."

"너희는… 인공지능… 재플린의… 꼭두각시이…기 때문이지…."

알노 누나가 노파 말에 보충해서 설명했다. 노파가 왜 동굴 속에 숨어 살아야 하는지, 노파가 알고 있는 백여 년 전 진실은 무엇인지. 노파는 자신의 아버지와 함께 동굴로 들어온 후 보내던 날들을 떠올렸다. 밤, 아침, 밤, 아침. 반복되는 하루와 똑같이 생긴 새와 나무의 울음소리. 그 끝 하늘 위에서 어릴 적 노파는 보았다. 하늘을 무한히 떠도는 빨간 지구 심볼 배지를 단 재플린 비행기를. 재플린 비행선은 하늘을 순항하다가 어느 때, 서울 중심부에 멈췄다. 이윽고 형체를 완전히 감추었다. 그즈음, 신인류라고 칭하는 자들이 문명을 건설하기 시작했다. 그곳에 있었다.

"세 번째 생존자요?"

"그래… 역사에서… 감추어진…"

"그러니까 문화를 파괴하던 세 번째 생존자라는 이가 신인류에 섞여서 나타났다고요?"

"진실은… 그 후손만이… 알… 뿐…"

피랑은 혼란스러워했다. 구인류와 신인류의 차이점을 알기 위해 찾고자 했던 노파가 하는 말들은 오히려 상황 판단을 더 디게 만들었다. 알노 누나로부터 옛 선조의 기원을 들을 때만 해도 조상들이 인간으로서 살아남기 위해 노력한 행위들에 자부심을 느끼고 있었다. 아니라고 생각했다. 노파가 자신을 현혹하기 위해 거짓부렁이를 내뱉는 것뿐이라 위로했다. 매일 밤 실험실에서 쪽잠 자며 신인류를 진보시키기 위해 노력하던 아버지 모습을 기억한다. 어머니와 함께 공동 연구를 하는 모습을 잊을 수 없다. 무엇을 연구하는지 곰곰이 생각해 보다가 떠올렸다. 그건 구인류를 노예처럼 부리기 위해 머리에 전기 충격을 가하는 연구였다. 어머니를 떠올리던 피랑은 가문끼리 하던 회의가 떠올랐다. 어쩌면 하홍과 그 가문 사람들이 바로 근처까지 도달했을지도 모를 일이었다.

"하홍이 오고 있어요. 그 가문 사람들과 함께요. 오늘 이후부터 이 산에 있는 모든 짐… 구인류를 토벌하겠다고 밝혔어요."

"그럴 순 없어. 우리 숫자로는 전 세계에 퍼져 있는 모든 구인류를 토벌하기란 무리야. 잘못 들은 거 아니야?"

"모든 구인류 말고 이 산에 있는 구인류라고 했어요. 누나도 알잖아요. 홍 상태가 좋지 않다는 걸."

복수, 알노 누나는 조용히 속삭이다가 노파에게 말했다. 노파는 운명을 받아들이겠다는 듯 담담한 표정을 지었다.

"노파는 구인류와 함께 다른 곳으로 갈 거야. 다만 우리를 도와주긴 하신대. 우리 가문에는 진실을 알리고자 하는 이가 몇 있거든."

알노 누나는 구인류에게 노파를 부탁했다. 천천히 동굴 입구가 열렸다. 작은 달빛이 동굴로 스며들었다. 걱정과는 달리 아직 하홍과 그 가문 사람들은 도착하지 않았다. 노파는 구인류 틈에 섞여 다른 피난처로 향했다. 그곳은 북악산의 다른 동굴일 수도 있었고, 북악산 근처 다른 산이 될 수도 있었다. 어쩌면 서울 중심지를 벗어난 시가지를 찾아갈지도 몰랐다. 중요한 건 위치가 아니었다. 신인류의 영향권에서 얼마나 벗어날 수 있느냐가 가장 중요했다. 노파가 가진 진실을 구인류, 더해 신인류에게 알리기 위해서는 안전이 우선시 되어야 했다.

피랑은 떠나는 노파에게 묻고 싶었다. 저 멀리 행렬 앞에서 걸어가는 노파에게 소리쳤다.

"구인류와 우리가 다른 점이 뭔가요!"

그러나 끝내 답을 들을 수는 없었다. 너무 멀어서였나, 하고 피랑은 생각했다. 두 사람은 떠나는 구인류를 마중하고 노란 머리 가문 동네를 향해 하산하기 시작했다. 제일 가까운 신인류 동네이면서, 구인류로부터 옮았을 병균을 치료할 수 있는 곳이었다.

"파란 머리 가문 출신이면 잘 알겠네. 우리가 무슨 자격이 있어서 구인류를 억압하는 걸까?"

"억압이라뇨? 아니요. 다른 가문 사람들은 그렇게 볼 수도 있는 거겠지만, 우리 가문은 신인류를 위해서 손에 피를 묻혀서까지 노력하는 것뿐이에요."

"너는 구인류와 우리가 무슨 대단한 차이라도 있는 것처럼 보였니?"

피랑은 말을 잇지 못했다. 두 인류 간의 차이점이 있길 바랐지만, 그토록 간절하던 차이점을 찾지 못했다. 사실은 똑같은 인간이다, 가장 외면하고 싶던 말이 목구멍 바로 위에 걸렸다. 알노 누나는 아무 말도 하지 않았다. 파란 머리 가문으로서 혼란스러워할 피랑을 최대한 배려한 침묵이었다. 노란 머리 가문 동네까지 얼마 남지 않았다. 그때 갑작스레 알노 누나 인공지능이 깨어나서 반응했다.

"정면에 생명체가 감지됩니다."

알노 누나는 인공지능 목소리가 자신들을 노출 시킬까 싶어 황급히 종료시켰다. 이윽고 웅성거리는 사람들 소리가 들렸다. 숨을 필요는 없었다. 그들은 짐승의 언어가 아닌 신인류 언어를 구사했다. 하홍이 빨간 머리 가문을 끌고 숲을 오르고 있었다. 누가 먼저랄 것도 없이 서로가 서로를 알아보았다. 하홍과 그 일행은 둘을 늦은 시간 구인류가 나타난다는 숲을 돌아다니는 아이들로 간주했고, 둘은 하홍과 그 일행을 구인류를 토벌하기 위해 등장한 사냥꾼으로 보았다. 그들은 구인류를 생포하기 위한 전기 올가미가 아닌, 레일건과 전기 검을 들었다. 짐승에게 물어뜯기지 않기 위해 목에는 가죽도 감았다. 짐승의 무기라고 해보았자, 손톱과 이빨이 전부. 그들이 두껍게 입은 가죽들은 손톱과 이빨이 비집고 들어갈 수조차 없어 보였다. 둘은 아무 일도 없었다는 듯 마저 하산하려고 발걸음을 재촉했다. 그들을 멈춰 세운 건 다름 아닌 하홍이었다. 전기 검으로 둘의 앞길을 막았다.

"냄새가 나는군. 남쪽 산을 정벌하러 갔을 때 동굴 속에서 맡았던 냄새가."

애써 침착함을 유지하는 알노 누나와 달리 피랑은 말을 듣는 순간 움찔거렸다. 몸이 먼저 반응했다. 하홍 분위기가 심상치 않았다. 알노 누나는 흥분한 피랑을 진정시키기 위해 손목을 힘껏 붙잡았다. 손으로 피가 통하지 않게 되면서 차갑게 변해갔다.

"피랑, 홍이 죽었다. 피를 너무 많이 흘린 탓이지. 네 친구가 죽을 때 넌 어디에 있었나."

"저… 저는…"

하홍의 분위기에 압도되어 피랑은 쉽사리 말을 꺼내지 못했다. 표정을 감추기 위해 쓴 탈의 표정이 더욱 피랑을 짓눌렀다. 하홍은 가문 사람들에게 동굴까지 등산을 명하면서도 자신은 이곳에 남아 둘을 계속 압박했다. 모두가 멀어지고 새조차 울지 않는 어두운 산속에는 피랑, 알노 누나, 하홍만 남았다. 하홍이 들고 있는 전기 검이 오늘따라 유난히 밝았다. 마치 베어버릴 사물을 확신하고 과부하를 걸었을 때 마냥.

"너는 그랬다. 구인류는 서로를 공격하기 시작했다고."

"저는 그들을… 찾아간 게 아… 아니에…"

하홍에게 압도되어 끝내 거짓말하지 못하고 순순히 털어놓았다. 자신들은 구인류를 보러 간 것이 맞다고. 그곳에서 노파도 함께 보았다고. 하홍은 대답을 듣고서 전기 검을 알노 누나에게 들이댔다.

"노란 머리 가문에게서는 항상 위선의 썩은 내가 나지."

알노 누나는 겁을 상실한 채 전기 검 바로 옆까지 걸어갔다. 가끔 팟, 하고 튀는 전기가 목에 닿아 자국이 생겼다.

"진실은 밝혀질 겁니다. 신인류 사람들은 모르지만, 제가 당신을 아는 것처럼요."

"진실이라니. 진실은 하나다. 짐승들이 인류를 파괴하려 했다는 점이지."

"그를 부추긴 게 당신 조상이라는 점은? 세 번째 생존자의 적자 후손?"

하홍은 단 한 차례 망설임 없이 전기 검을 알노 누나 목에 휘둘렀다. 알노 누나는 순간 감전되면서 짧은 비명과 함께 온몸을 떨어댔다. 입에서는 거품과 함께 침이 올라왔고, 눈은 흰자만 보인 채 뒤집혔다. 아주 잠깐 휘둘렀을 뿐인데 과부하 전류가 알노 누나를 그 자리에서 즉사시켰다. 피랑은 자리에 얼어붙었다. 눈물과 콧물이 뒤섞여 흘러내렸다. 자신 죽음 또한 같으리라 직감했다. 피랑은 살기 위해 도망치기 시작했다. 음, 잠깐 고민하던 하홍은 탈을 벗었다. 이윽고 죽은 알노 누나 목덜미를 하얀 치아로 물어뜯었다. 정확히 감전되어 검게 그을린 부위만 뜯겨 나갔다. 뜯겨 나간 살덩이 아래로 피가 멈추지 않고 흘러나왔다. 동맥이나 정맥을 끊겼으리라. 알노 누나 시체를 바닥에 팽개친 채 전기 검을 들고 피랑 뒤를 쫓았다.

"홍, 곧 친구도 보내주마. 모든 영광을 신인류에게."

하홍이 도망치는 피랑을 쫓았다. 넘어진 피랑은 팔꿈치로 꾸역꾸역 기었다. 노란 머리 가문 마을까지 얼마 남지 않았다. 악쓰며 소리를 질렀다. 하홍은 놓치지 않았다. 피랑을 향해 달려들었다. 자기보다 작은 체구를 짓눌렀다. 피랑은 하홍으로부터 벗어나지 못한 채 발버둥 쳤다. 절망스럽게 비명을 질렀다. 껄껄껄, 게걸스럽게 웃던 하홍은 피랑의 귀를 물어뜯었다. 이윽고 목덜미도 물어뜯었으나 깊게 페이지는 않았다. 죽지 않고 바둥거리자 하홍이 피랑 입을 벌렸다. 이내 곧장 혀를 끊어냈다. 피랑은 죽고 싶다는 생각이 들 정도로 고통스러웠다. 하홍은 알노 누나 시체와 죽어가는 피랑을 등에 업고 홀로 하산했다. 그의 발끝에는 노란 머리 가문 마을이 걸렸다.

"인공지능 재플린, 노란 머리 가문 마을까지 안내하도록."

"네, 재플린은 언제나 적격자님의 본부대로 따릅니다."

"그리고 방금 일어난 일은 기록에서 지우도록."

노란 머리 가문 마을에 파란 머리 가문 사람들이 모여있었다. 빨간 머리 가문에서 단독으로 토벌 작전을 수행하러 간 사정을 알게 된 이들이 산과 가까운 마을로 몰려든 것이었다. 짐승으로부터 방어하기 위해 펼쳐놓은 마을 외곽 경계 튜브가 열렸다. 이윽고 하홍이 죽은 알노 누나와 죽어가는 피랑을 업고 왔다. 분위기가 순식간에 험악해졌다. 입가에 묻은 피는 계곡에 씻어내어 그 누구도 하홍이 한 짓인지는 알 수 없었다. 알노 누나 가족과 피랑 부모가 달려왔다. 한쪽은 이미 죽음을 직감했고, 한쪽은 그나마 붙어 있는 생명을 연장하고자 했다. 피를 토해내며 피랑은 절규했다. 하홍을 손가락으로 가리키며 범인으로 지목해도 알아듣는 이는 없었다.

"아이들이 구인류 터전에 들어갔다가 습격당했소. 노란 아이는 내가 갔을 때 이미 늦었고, 홍 친구 피랑은 겨우 목숨만 붙인 채 데려왔소."

새벽이 가까워지는 잿빛 하늘이 세상을 가득 메웠다. 아침이 오고 있었다. 진정제에 취해 정신이 비몽사몽한 상태인 알노가 가까스로 몸을 추스르고 자신의 누나에게 말을 걸었다.

"누나, 누나가 준 진정제 너무 쎈 거 같아. 다른 거 없어?"

알노가 누나를 힘껏 흔들자, 주저 없이 흔들렸다. 알노 부모는 목덜미가 뜯겨 피로 흥건해진 알노 누나를 보고 주저앉아 울기 시작했다. 이곳에 있는 신인류는 과학 기술이 발달하기 전, 짐승으로부터 느꼈던 무력감과 공포감을 다시 느꼈다. 알노는 자기 누나뿐 아니라 자기 친구 역시 사고를 당했음을 확인했다. 피랑은 혓바닥을 그대로 잘려 어떤 단어도 내뱉지 못했다. 공포도 절망도, 심지어는 슬픔마저도 단어로 만들어낼 수 없었다. 하홍은 자기 아들 소식을 알리며 지금까지 상황을 보고했다. 습격당한 이가 일주일 새 세 명이라면서.

"어린아이들이 무차별적으로 공격당하고 있소. 이제 결단을 내리시오. 노란 머리 가문도, 파란 머리 가문도 선택해야 할 시간이오."

신인류는 분노했다. 당장 구인류를 때려죽이자며 손에 들고 있던 것들을 위로 들어 올렸다. 혈관을 찾기 위해 사용하던 고무줄, 주사액을 밀어 넣고 남은 주사기, 파란 머리 가문 마을에서 들고 온 휴대용 전기 올가미까지. 대표들만 결정하면 토벌 준비는 끝났다. 피랑을 살펴보던 파란 가문 대표가 말했다.

"우리는 토벌 작전에 참여합니다."

가면에 가려져 누구도 눈치채지 못했지만, 하홍은 목적을 이루었다는 듯 가면과 같은 미소를 지었다. 잠시 후 미소를 거둔 하홍이 노란 머리 가문 대표를 보았다. 노란 머리 가문 대표는 한동안 알노 누나 목덜미 부분에서 손을 떼지 못했다. 노란 머리 가문은 대부분이 간호사나, 대표는 의사 교육 과정도 이수해야만 할 수 있었다. 사실 진정제에 취한 노란 머리 가문 막내 알노조차도 자기 누나가 어딘가 이상하게 죽었음은 인지했다. 보통 과다 출혈로 인한 사망과는 다르게 흰자를 뒤집고 죽었다. 하지만 여기서 노란 머리 가문만 거부 의사를 표현할 수 없었다. 하홍은 자신과 반대하는 이들을 당장이라도 매몰차게 대할 준비가 되어있어 보였다. 노란 머리 가문 대표는 익어버린 듯한 목덜미 주변 부위를 만지다가 선택 시간이 다가왔음을 깨달았다. 다른 가문에게는 몰라도 노란 머리 가문에게는 시간이 필요했다.

"토벌에 참여하겠습니다만, 참여 시간은 우리 측에서 정하겠습니다."

"그럴 필요 없소. 이미 우리 쪽 인원들이 출발했으니, 지금 당장 출발할 게 아니라면 후발대로 오시오. 후발대는 모레 아침 해가 뜨자마자 출발할 것이오."

"이 토벌이 끝나면 우리 신인류가 얻는 건 무엇이요?"

하홍은 노란 머리 대표 질문에 허리춤에 찬 전기 검은 매만지며 말했다.

"인류가 인류로서 그 가치를 얻을 것이오. 안전은 덤으로 따라오고."

노란 머리 대표의 질문에 정성껏 답을 해준 하홍이 이번에는 파란 머리 가문을 보고, 특히 피랑 어머니가 들으라는 듯 혼잣말했다.

"그래, 나 혼자만의 복수 때문이라고 하던 이가 있었지."

피랑 어머니는 아무 말도 하지 못했다. 피랑 손을 맞잡는 행위만이 최선이었다. 손이 바들바들 떨렸다. 하홍은 곧장 노파가 있던 산을 향해 등반했다. 이번에는 피랑에 분노한 파란 머리 가문도 함께였다. 제각기 챙기고 다니는 간이 전기 올가미를 펼쳐다가 양손에 들었다. 각자에게 맞는 개량형으로 어떤 이는 전격에 힘을 실었고, 어떤 이는 가벼운 무게, 어떤 이는 올가미를 짐승과의 거리를 벌리기 위해 길게 제작했다. 피랑과 알노 누나는 노란 머리 가문 마을 중앙에 있는 대형 병원으로 옮겨졌다. 의료 기술을 상징하는 건물답게 근방 건물 중 가장 높고 웅장했다. 옥상 쪽에 달린 빨간 열십자가 눈에 띄었다.

먼저 피랑과 대화를 시도해 보았으나 불가능했다. 잘린 혓바닥, 목덜미 출혈로 피랑은 공황발작 상태여서 몸을 심하게 떨어댔다. 눈동자에는 영혼이 남지 않고 떠나 텅 비었다. 주변 몇 사람들은 팔에 소름이 끼쳤다. 혓바닥을 재건하기에는 시간이 늦었다. 목덜미 봉합을 하면서 쇼크 상태가 오지 않게 지켜보는 게 일단은 할 수 있는 처치의 모든 것이었다. 그러면서도 자신이 어렴풋하게 추측하는 원인이 맞는지 확인하고 싶었다. 노란 머리 대표는 인공지능을 켰다.

"재플린, 짐승에게 당한 상처가 맞는지 확인해 줘."

"탐색기를 상처 가까이 가져다 대시길 바랍니다."

탐색기가 상처 부위를 레이저로 스캔했다. 치아 자국과 절단면, 그 외 여러 가지를 비교하며 확인하다 레이저가 꺼지며 인공지능이 탐색을 멈췄다.

"재플린 탐색 범위 밖. 탐색 불가."

수술실을 내려다보던 피랑 부모님은 숨을 격하게 내쉬었다. 모든 걸 동원해 짐승들을 소탕할 방법을 구상했다. 가장 먼저 신인류를 괴롭혔던 미상의 바이러스를 이용해 몰살할 계획을 떠올렸다.

"우리에게는 치료제도 있으니까. 생화학 무기라면 힘들게 손쓰지 않아도 시간과 함께 모든 구인류를 멸종시킬 거야."

피랑은 기본적인 수술을 받고 안정실로 이동했다. 이곳 안정실은 규모도 규모였지만, 상시 확인 인공지능 메리가 환자의 상태 변화를 곧바로 보고해서 빠른 처치가 가능한 시스템을 갖추었다. 인공지능 메리는 대 인공지능 재플린과는 별개로 노란 머리 가문의 요청으로 파란 머리 가문에서 치료 목적으로 개발했다. 피랑 부모가 피랑 병실에 찾아왔다. 안정제를 맞고 어느 정도 편안해진 피랑이 자신을 찾아온 부모를 보고 눈물을 흘리며 안겼다. 피랑 부모는 구인류는 이제 종말할 것이라 선언했다. 빨간 머리 가문이, 안 된다면 우리 파란 머리 가문이 모든 과학 기술을 동원해 멸종시킬 것이라 호언장담했다. 피랑은 바둥거리며 고개를 절레절레 흔들었다. 말 못 해 의사 전달이 안 되는 그를 위해 인공지능 메리가 가상 칠판을 띄웠다. 피랑은 가상 칠판 위에 손가락으로 무언가를 쓴 후 부모에게로 돌렸다.

[저를 이렇게 만든 건 구인류가 아니라 하홍이에요.]

그러나 메리 인터페이스를 처음 쓰는 바람에 범인을 지목한 가상 칠판이 사라졌다. 피랑 부모는 단순한 헤프닝으로 치부했다.

그즈음 노란 머리 가문 사람들이 수술실 안으로 한 둘씩 모여들었다. 이어 수술실과 외부를 이어주는 모든 통로에 불이 꺼졌다. 알노 누나 부모가 수술실에 모습을 드러냈다. 그들은 알노 누나의 사인 분석에 동의한다는 뜻을 밝혔다. 수술실 안 사람들은 알노 누나의 평화를 기원하며 짧은 애도 시간을 가졌다. 눈을 감고 머리를 숙였다. 이윽고 해부를 준비했다. 레이저 해부칼과 대 인공지능 재플린 대신 자체 인공지능 메리를 가동했다. 천장에서 밝고 쾌활한 메리 목소리가 들렸다.

"메리 준비되었습니다."

노란 머리 가문 대표를 중심으로 모든 이들이 숨죽이고 지켜보았다. 대표가 레이저 해부칼로 뜯긴 목덜미 주변부를 베어냈다. 베어낸 살점을 인공지능 메리 분석기 위에 올렸다. 메리 주도로 살점을 빠른 속도로 분석했다. 모든 분석이 끝나고 설명과 함께 사인이 떴다.

[감전사로 추측됩니다. 타격점은 왼쪽 목 부근이며 살점이 뜯겨 나간 시점은 사망 직후로 추정됩니다.]

대표는 베인 상처 부위의 치아 자국 역시 분석했다. 타 가문 사람들도 대체로 치아 치료를 받기 위해 노란 머리 가문 마을을 방문했다. 치아 자국을 분석하려는 대표에게 누군가 물었다.

"짐승이 물어뜯은 걸 수도 있지 않나요?"

"짐승은 감전시킬 줄 모르기에 확인하는 겁니다."

지금까지 치과 진료를 받은 이들 데이터를 기반으로 비슷한 치아 구조를 가진 사람을 찾기 시작했다. 인공지능 메리가 띄우는 홀로그램에는 벌써 수많은 사람의 얼굴과 치아 기록, 기타 정보가 지나갔다. 한참을 넘어가던 진료 기록이 한 곳에서 멈춰 섰다. 구십 프로에 육박한 확률, 인공지능의 정확성. 일치하는 치아 정보는 하홍을 범인으로 지목했다. 모두 홀로그램에 떠다니는 하홍 얼굴을 보고 아무 말도 잇지 못했다. 그때 수술실 불이 꺼졌다. 그리고 사방에서 목소리가 들려왔다. 그들은 하홍의 정체를 알고 있는 자들, 그리고 역사의 진실을 노파에게서 들은 자들이었다. 짐승들의 이야기는 신인류를 부정하는 행위라고 울부짖을 때면 그들은 홀로그램에 띄워진 하홍 얼굴을 자세히 보라고 지적했다. 아무도 그들 말에 이견을 덧붙일 수 없었다. 하홍 조상, 세 번째 생존자 이야기에 이어 그들이 노파를 애타게 찾는 이유와 신인류를 괴롭히던 바이러스가 퍼진 이야기, 인류가 구인류와 신인류로 나뉜 이야기까지 이어갔다.

"거짓말, 애초에 구인류는 스스로 인간이길 포기한 자들이야! 구인류를 얻다 대고 신인류와 비교해!"

누군가 소리치자 대표가 흥분한 가문 사람들을 진정시키기 위해 차분하게 말했다.

"노파가 거짓말을 한 거라면, 우리가 본 영상 역시 거짓말이어야겠지요."

"그게 무슨 말이세요, 대표님."

노란 머리 가문 대표는 다른 가문 선조와 달리 노란 머리 가문 선조가 추구하던 바를 설명했다. 이곳에 있는 이들은 그 정도는 중등 교육을 통해 배웠기에 알고 있었다. 간호사 무리로서 선조 때부터 내려온 사명도 명심한 채로 외고 있었다. 지구에 사는 모든 생명체는 평등하다. 신인류와 구인류를 구별하지 않고 치료하는 게 우리들의 사명이다. 대표는 인공지능 메리를 통해 수술실의 불을 켰다. 수술실 안 가문 사람들은 대부분 가문에 영향력을 행사할 수 있는 존재들이었다. 대표의 선생, 중등 교육과 고등 교육 담당자들 등. 대표는 지금까지 구인류와 노란 머리 가문 간의 교류가 있었다는 것을 인정하면서 메리를 통해 영상 하나를 보여주었다.

모든 것이 파괴되고 있었다. 마지막 남은 경복궁 역시 문화 파괴자들에 의해 함락되었다. 그는 딸과 함께 산속 깊은 곳으로 도망쳤다. 지금까지 모든 기록을 녹화용 렌즈에 담아 후에 인류가 나타날 날을 기다리며 타임캡슐 안에 함께 넣었다. 얼마가 지났을까, 영상은 다시 이어졌다. 영상에는 하홍이 쓴 가면과 같은 가면을 쓴 이가 비쳤다. 그가 가면을 벗었다. 대표로 발탁되기 전, 하홍과 닮았다. 묘하게 이질적인 분위기를 풍겼다. 조금 더 연약하게 생겼다. 눈썹이 연해서 더더욱 그렇게 느껴졌다. 하홍을 닮은 그는 자신을 세 번째 생존자라 소개했다. 그는 휠체어를 바라보고 있는 자에게로 돌려 말했다.

"인간으로 살아남은 자들이 문명을 만들기 시작했습니다. 화나지 않습니까? 당신의 모든 것을 앗아간 문명을 다시 개척하다니요. 저는 당신에게 제안하고 싶습니다. 신인류라고 칭하는 그들을 공격해 주십시오. 당신도 자연에서 살아가는 삶에 만족하고 있지 않습니까? 그들은 재앙이 될 겁니다."

"그런데 당신은 왜 옷을 입고 두 발로 서서 우리에게 그런 말을 하는 거죠?"

"음, 있어야 할 게 없는 생물은 도태됩니다. 휠체어를 탄 제가 자연의 생활을 시작하면 살아남지 못할 겁니다. 그러나 언젠가는 자연의 삶으로 회귀할 겁니다."

하홍을 닮은 세 번째 생존자가 휠체어를 반대로 돌렸다. 알수 없는 웃음과 함께 산비탈 아래로 천천히 움직였다. 멀어지는 뒷모습과 웃음소리. 그는 서울 시가지가 있는, 신인류가 문명을 재건하는 곳으로 향했다. 주변에는 많은 짐승이 있었다. 영상 시점자 역시 짐승임을 알 수 있었다. 영상 시점자는 인류와 의사소통했다. 신인류가 알고 있던 많은 게 부정당하고 있었다. 짐승들은 산속 이리저리로 흩어졌다. 서울로 향하던 세 번째 생존자가 뒤돌아서 입가를 한 번 훔쳤다.

"어리석은 이들을 구원하리."

수술실 대다수 사람이 영상 속 하홍을 닮은 이가 하홍 조상임을 알아차렸다. 그리고 구인류가 신인류를 습격하게 된 시발점이 하홍 조상임을 짐작했다. 인공지능 메리가 영상을 종료했다. 이 모든 사실은 부모와 함께 누나 사인을 확인하기 위해 참관하고 있던 알노까지 알았다.

'결국 우리 신인류는 구인류, 짐승들과 다를 바 없는 존재였단 말인가.'

알노는 계속 복잡한 생각을 했다. 곧 수술실이 갑갑하다 느껴져서 문을 박차고 나왔다. 어지러운 머리를 붙잡고 병원 바깥까지 걸어 나갔다. 잠깐 휴식 시간을 가지며 노란 머리 가문 대표가 직접 알노를 따라 바깥으로 나왔다. 알노는 혼란스러운 마음을 다잡지 못하고 노란 머리 가문 대표에게 털어놓기 시작했다. 아침이 오기 직전의 새벽이라 거리를 돌아다니는 사람은 없어 둘만의 대화가 이루어졌다.

"저는 우리 신인류가 구인류와는 다른 특별한 존재라고 생각했어요."

"누구나 그렇게 생각할 겁니다. 지금까지 신인류 명맥을 이어온 자들이라면요."

이런저런 생각 끝에 알노는 복잡한 감정을 동시에 끌어안았다. 상관없었으면 좋겠다고 희망했다. 모든 걸 땅 아래 묻어두고 하늘을 쳐다보았다. 언제부터 구인류에게 이상한 감정이 싹텄는지 알고자 과거를 회상했다. 기억의 끄트머리에 그것이 있었다. 빨간 머리 가문에게 둘러싸여 동시에 감전당하던 구인류 모습. 짐승이라고 칭하던 것과 반대로 신인류와 같이 고통을 느꼈으며, 죽음을 직감한 순간 눈물을 흘릴 줄도 알았다. 검게 그을린 구인류의 시체는 지금 어찌 되었을까. 가히 하늘을 가르던 까마귀들이, 숲속을 횡단하던 개미들이, 작고 작은 세포들이 자연으로 분해하고 있으리라 확신했다. 알노는 모든 생명은 태어나서 다시 자연의 품으로 돌아간다는 사실 하나만은 누구에게나 강하게 설득할 수 있었다. 흔들렸다. 흔들리지 말아야겠다고 다짐하는 와중에도 알노 마음은 요동쳤다. 애써 태연한 척하고 노란 머리 가문 대표에게 말을 붙였다.

"생명에 차등을 부여해도 되는 걸까요?"

"고귀한 생명에는 순서가 없습니다. 어느 생명이나 소중한 거지요."

"그래서 가문 대표님과 친한 아버지 딸인 누나는 오늘 밤을 위태롭게 버티는 환자가 있는 데도 먼저 이렇게 사인을 확인해 주는 건가요? 그것도 대표님이 직접요?"

안쪽에서 노란 머리 가문 대표를 부르는 소리가 들렸다. 대화는 끝났다. 노란 머리 가문 대표는 병원 내부로 걸어 들어갔다. 시신을 수습하기 위해서. 알노에게 집으로 돌아가라고 하려다 친구 피랑이 병원 입원실에 있다는 사실을 전하며 뒷말을 덧붙였다.

"원래 진실은 어려운 법입니다. 이토록 가까이 있는데 말이죠."

알노는 노란 머리 가문 대표가 사라진 후 피랑이 있다는 입원실을 향해 뛰어갔다. 피랑은 알노를 보자마자 온몸을 떨어댔다. 그토록 우려했던 쇼크 상태였다. 봉합은 성공적으로 마쳤고, 수혈을 포함해 수액도 정상적으로 몸속으로 흘러 들어갔다. 이번 쇼크는 단순히 알노 때문에 일어났다. 정확히는 알노를 보고 떠오른 알노 누나로부터 생겨난 죄책감 때문이었다. 피랑은 머리가 새하얗게 변해 몸의 주도권을 잃었다. 스트레스 수치가 높아지며 환자 상태를 보여주는 인터페이스가 빨갛게 변했다. 응급 사이렌 소리가 병실에 울리며 인공지능 메리가 깨어났다. 메리는 자동으로 가까운 거리에 있는 간호사를 호출했다. 삽시간에 달려온 간호사는 곧장 방송으로 병원 대기실에서 쉬고 있던 피랑 부모를 찾아냈다. 응급 처치를 위해 온 다른 간호사들이 안정제와 진정제를 동시에 링거팩 안으로 밀어 넣었다. 피랑은 기절하듯 잠에 빠졌다.

마침내 아침이 왔다. 제대로 잠을 자지 못한 알노는 집에 들어갔다. 당장 어제만 해도 피랑과 함께 누워있었고, 얼마 전만 하더라도 휴가 나온 누나와 이야기하며 밤을 지새우고는 했다. 더는 마주할 수 없는 일상이라는 생각이 알노를 고통스럽게 만들었다. 차라리 겪어보지 못했다면, 일상이 불행했다면 행복했었단 사실이 불행으로 다가올 리는 없을 텐데, 하고 후회했다. 알노 누나가 주었던 안정제를 먹고 밤새 잠깐 잠을 자긴 했어도 피곤한 건 매한가지였다. 쏟아지는 잠을 참아보려 했으나, 곧 참아야 할 이유가 없다는 걸 깨닫고 침구류 안으로 들어갔다. 차라리 다 꿈이었으면 좋겠다고 기도했다. 눈을 뜨면 평소와 같은 일상이 나타나기를 바랐다. 베개에 얼굴을 파묻고 흐느끼면서 잠들었다.

바깥이 소란스러웠다. 토벌을 위해 산에 들어갔던 이들이 하산했다. 노파와 함께 떠나지 못한 몇 구인류를 함께 데려왔다. 진실을 모르는 이들, 진실을 아는 이들, 진실을 숨기는 이들. 하홍과 그 일부, 노란 머리 가문 대표와 그 일부, 그 외의 모든 이들이 묘한 기류를 이루었다. 노란 머리 가문 대표는 그들이 끌고 온 구인류를 힐끔 쳐다보고는 현장을 벗어났다. 구인류는 손과 발을 전기가 흐르는 특수 줄에 묶여 몸을 떨어댔다. 많은 도구가 있는데도 굳이 기다란 봉에 묶어 두 명에 한 명씩 어깨에 이고 왔다. 발가벗겨져 흉측하게 봉에 매달린 그들은 짐승이어도 자신들과 다를 바 없는 신인류를 보며 수치심을 느꼈다. 거의 한 사람당 한 명꼴로 구인류를 잡아 온 것 같은데 부상 당한 자는 아무도 없었다. 오히려 밤새 활동했을 텐데도 활기가 넘쳤다. 잡아 온 구인류는 파란 머리 가문 사람들이 데려갔다. 그들에게 구인류는 좋은 실험 대상이었다. 구인류에 대한 신인류의 분노는 쉽사리 꺼지지 않았다. 오히려 잡혀 온 구인류를 보며 신인류는 흥분했다. 그럴수록 하홍에 대한 진실을 아는 자들은 더욱 침묵했다.

소란스러운 상황 속에서 알노 집 초인종이 울렸다. 알노는 혼란스러운 몸과 마음을 추스르고 문을 열었다. 파란 머리 가문 대표가 문 앞에 서 있었다. 동그란 눈과 선한 인상에 날 섰던 마음이 한결 누그러졌다. 그가 본론을 말했다.

"우리는 지금부터 대한민국 서쪽으로 갈 겁니다. 목적지는 인천에 있는 한 연구소, 그곳에 우리가 필요로 하는 물질과 구인류 시절 쓰인 보고서가 함께 있습니다."

"그걸 제게 왜?"

알노가 묻자 파란 머리 가문 대표 뒤에서 노란 머리 가문 대표가 나왔다.

"이들이 인천까지 갔다가 돌아오는 길에 그들의 건강 상태를 확인해 줄 우리 쪽 사람이 필요해서 그렇습니다."

"왜 하필 저인가요? 저는 피곤해요. 어딘가 많이 지쳤어요."

"그렇기에 알노가 가야 하는 겁니다. 잠시 이곳에서 떠나 머리를 식힐 필요가 있어 보이더군요."

알노는 망설였다. 그러나 이곳에 계속 남아있음이 자신에게 독이 된다는 사실을 알고 있었다. 계속되는 두 대표의 설득 끝에 마지못해 인천 여정에 함께 하기로 했다. 파란 머리 가문은 모든 과학 기술을 총집합한 발전의 여실인 자기부상열차가 근처 서울역에 있음을 알렸다. 특수한 전도체로 만들어져 전용 기찻길이 깔려있지 않은 일반 기찻길에서도 사용 가능했다.

"하루, 길어야 이틀이면 충분할 겁니다. 가는 데 두 시간 오는 데 두 시간이니. 그것을 빨리 찾을 수 있길 기도해 주십시오. 그 물질이 신인류의 마지막 희망입니다."

알노는 자세한 설명을 듣지 못한 채, 파란 머리 가문 사람들과 서울역으로 향했다. 과학 기술로 온몸을 중무장했다. 단단하지만, 경량화된 갑옷을 입고, 손에는 빨간 머리 가문에게 주었던 것보다 더욱 강력한 전기를 내뿜는 레일건을 들었다. 언제 어디서나 인공지능 재플린을 부를 수 있도록 신발이 아닌 갑옷 모자에 인공지능을 이식했다. 그들은 서쪽으로 걸어갔다. 가는 도중 자신들과 비슷한 신인류가 있기를 바라는 희망도 잠깐 품었다. 알노는 그들 중 유일하게 다룰 수 있는 인공지능 메리가 삽입된 검은 간호복을 입었다. 알노 누나가 입고 있던 복장과 똑같은, 신체 능력을 향상해 주며 착용자 몸에 맞춰 달라붙는 옷이었다.

그리하여 파란 머리 가문 대표가 공석인 가운데, 그를 대신

해 두 번째로 서열이 높은 피랑 부모가 각각 절반씩의 권력을 이양받았다. 하홍은 입원실에서 피랑을 지키고 있을 피랑 부모에게로 곧장 향했다. 피랑 부모를 찾아간 건 하홍만이 아니었다. 피랑 역시 알노 누나와 마찬가지로 하홍에게 피해를 보았을 거라는 판단 아래, 노란 머리 대표가 지금까지의 사실을 전하기 위해 일찍부터 미리 찾아와 있었다.

"잘 생각하세요. 우리는 우리에게 있는 모든 정보를 공개했어요. 판단은 당신들 몫이지만, 지금 당신들은 파란 머리 가문 대표직을 이행하고 있다는 것을 잊지 마세요."

노란 머리 대표가 병실을 나가자마자 하홍을 마주쳤다. 의심스러운 눈초리로 자신을 부담스럽게 쳐다보는 하홍에게 넌지시 알고 있는 사실을 모른 척 흘리며 도발했다.

"이곳에서 치과 진료를 받은 적 있는 신인류의 치아 구조는 인공지능 메리 데이터베이스에 남는 거 알고 계시죠?"

"그 메리가 대 인공지능 재플린보다 위대할 리는 없잖소."

미묘한 기 싸움 끝에 노란 머리 가문 대표가 먼저 자리를 떴다. 자신을 필요로 하는 환자들이 많았다. 하홍은 주변을 둘러본 후 피랑 병실로 들어갔다. 피랑 부모는 하홍을 보고 평소와는 다르게 약간의 경계심을 덧붙였다. 일어나 포옹하지 않고 순간 뒤로 살짝 물러났다. 뛰어난 직감력 때문인지, 노란 머리 대표를 병실에서 마주친 탓인지, 제 발 저린 탓도 있겠지만, 어쨌든 하홍은 피랑 부모가 덧붙인 아주 약간의 경계심을 파악했다. 그러거나 말거나 태연하게 피랑 침대 옆에 앉아 피랑 손을 만졌다. 손등에 꽂힌 링거로 하얀 액체가 들어갔다.

"안타깝게 생각하고 있소. 여길 찾아온 이유는 대표자 대리인에게 오늘 행보를 묻기 위함이오. 오늘 파란 머리 가문은 몇 시쯤 토벌 작전에 참여할 계획이오?"

노란 머리 가문 대표 말에 감정적으로 많이 흔들린 피랑 어머니 대신 아버지가 답하려 자리에서 일어났다. 아직 잘 모르겠습니다, 그런 말로 대충 얼버무리려 했다. 가문끼리의 신뢰도 지키고 무리해서 전선에 뛰어들지 않을 수도 있었다. 그런 피랑 아버지의 계획을 피랑 어머니가 다 망쳤다. 그는 흥분해서 자리를 박차고 일어났다. 이내 하홍 멱살을 붙들어 잡았다. 흔들어도 쉽사리 흔들리지 않는 묵직한 하홍을 그래도 끝까지 흔들어댔다. 그러고는 토씨 하나 틀리지 않고 또박또박 의사를 전달했다.

"우리는 토벌 작전에 참여하지 않습니다. 당신을 보고 있으니 우리 신인류와 저 짐승들 간의 차이가 없어 보입니다. 그만 이곳에서 나가주세요."

하홍은 예상과 다르게 아무런 감정 표현도 하지 않고 자리에서 일어났다.

"우리를 정의하기 위해 아등바등 살아가는 건 어릴 때나 하는 짓이오."

하홍이 병실에서 벗어나자 피랑 아버지가 어머니에게 버럭 화를 냈다. 둘 모두 같은 처지였지만, 서로 생각하는 게 달랐다. 피랑 어머니는 그 어느 때보다 감정적이었다.

"우리 가문 사람들이 인천에 다녀오기 전까지는 그 어떤 가문과도 마찰이 없어야 한다는 말 기억 안 나?"

"당신은 아직도 능구렁이 같은 하홍을 믿는 거야? 피랑이 여기서 죽는다면 난 빨간 머리 가문과 전쟁도 불사할 거야!"

"그만! 그만해! 피랑이 죽긴 왜 죽어. 살 수 있어. 그러니까 진정하고 우리 가문을 위해 신중하게 선택해. 토벌 작전에 참여한다고 말만 해둘 테니까 일단 기다리고 있어."

피랑 아버지가 바깥으로 나왔다. 크게 한숨을 내쉬면서 어디서부터 잘못되었는지 생각했다. 병원 바로 바깥에서는 빨간 머리 가문이 생포한 구인류를 파란 머리 가문 사람들이 전달받고 있었다. 마주한 불편한 진실에 머리를 양옆으로 흔들며 하홍에게로 다가갔다. 하홍은 구인류를 전달해 주는 가문 사람들 옆에서 산을 입체화한 지도를 펼쳐놓고 살폈다.

"하홍, 우리는 예정대로 토벌 작전에 참여할 겁니다. 아내가 심신이 미약해서 무례를 끼친 점 용서 바랍니다."

피랑 아버지가 뛰어오느라 인중에 맺힌 땀방울을 혀로 핥았다. 하홍은 가만 쳐다보다가 한쪽 손을 뻗었다.

"좋은 생각이오."

피랑 아버지와 하홍의 악수 장면을 노란 머리 가문 대표가 목격했다. 그는 계속해서 상황을 주시하다가 허리춤에 차고 있던 작은 수신기를 꺼냈다. 수신기 자판에 작은 글자를 두드려 넣었다. 글자는 자유의사를 갖고, 자유의사끼리 합해져 명령한 구절이 되었다. 명령은 피랑 바로 옆 간호사실에 있던 이름 모를 노란 머리 간호사에게 전달되었다. 간호사는 허리춤에 찬 발신기를 확인했다.

　[명령어 바, 분란 필요, 피랑을 죽일 것.]

　발신기 속 명령은 수초 뒤 자동으로 사라졌다. 간호사는 옆 의료품 상자에서 치사량의 액체 수면제가 든 약통을 꺼냈다. 링거액에 주입하면 정확히 오 분 뒤 대상은 사망했다. 약통과 함께 일회용 주사기, 하얀색 마스크도 꺼냈다. 막 립스틱을 발라 붉은빛 도는 입술 위에 하얀 마스크를 포개었다. 주사기로 약통 속 하얀 액체 수면제를 빨아당겼다. 같이 빨린 공기 일부를 밀어내고 주사기는 주머니에 챙겼다. 이윽고 간호사실 마이크를 툭툭 쳤다. 안내 방송이 병원 전체에 울렸다.

　"피랑 보호자는 지금 즉시 오 층 영사실로 와주시길 바랍니다. 다시 알립니다. 피랑 보호자는…"

　피랑 아버지는 일 층에서 하홍과 이야기를 나누었다. 피랑 아버지를 찾아 창밖을 둘러보던 피랑 어머니는 그를 발견했다. 애타게 불렀다. 그러나 하홍과 이야기가 더 중요하다고 생각했는지, 피랑 아버지는 병원에서 들려오는 외침에 반응하지 않았다. 더 큰 문제면 문제 상황을 말했을 테니까, 이를테면 피랑이 죽었다던가, 와 같은. 피랑 어머니는 어쩔 수 없이 병실에서 나가 오 층 영사실로 향했다. 피랑이 있는 병실이 이 층이었으니 승강기를 타야 했다. 피랑 어머니가 빠져나간 걸 확인하고, 주변에 돌아다니는 사람이 없음을 재차 확인한 마스크 낀 간호사가 피랑 병실로 들어왔다. 마스크 낀 간호사는 자신이 간호사

직을 부여받으며 함께 전해 들은 사명을 떠올렸다. 지구에 사는 모든 생명체는 평등하다. 신인류와 구인류를 구별하지 않고 치료한다. 그러나 또 다른 사실을 함께 떠올렸다. 전 대표들에게 매몰차게 거절당해 원하던 중앙 의료실 간호사 꿈을 포기하려던 순간 그에게 손을 건넨 건 현재의 노란 머리 가문 대표였음을. 그가 충성을 다 한 건 선조들의 사명이 아닌 현 대표의 명령이었다. 머뭇거리던 손이 빨라졌다. 링거팩 안으로 치사량의 액체 수면제가 들어갔다. 링거팩이 미묘하게 다른 하얀색으로 변했다. 하얀 마스크를 쓴 간호사는 재빨리 병실에서 벗어났다. 누군가를 죽였다는 생각에 손이 살짝 떨렸다. 억지로 위로하기로 했다. 죽어가는 아이에게 더는 고통을 주지 않기 위해 한 행위라고.

오 층 영사실로 갔던 피랑 어머니는 그 누구도 만나지 못하고 다시 병실로 돌아왔다. 그때가 수면제가 링거액과 섞인 지 사 분이 지난 시간이었다. 피랑 어머니가 피랑 손을 마주 잡았다. 아주 찰나의 시간이 흘렀다.

"사랑해, 우리 아들. 우리는 살아남을 수 있어. 짐승들과 다르게 우리는 인간이기를 갈망하니까."

아들을 위한 위로인지, 자신을 위한 위로인지 정확하게 정의 내리지 못한 채로 끅끅 눈물을 참아가며 앓았다. 바깥에서 고요하게 빗방울 소리가 들렸다. 하늘은 화창했다. 잠시 내리던 비는 그쳤다. 정확히 오 분이 지난 시간이었다. 동시에 심전도계 화면 속 숫자가 점점 낮아지며 죽음을 확정 지어가던 순간이었다. 처음에는 세 자리를 유지하던 수가 금세 두 자리로 떨어졌다. 피랑 어머니가 눈치챘을 때는 이미 심전도 숫자가 절반 가까이 떨어졌다. 숫자는 멈출 기미가 없었다. 천천히 죽음과 인사하려 드는 피랑. 마침내 인공지능 메리가 주변 간호사들을 호출했다. 간호사실에 있던, 선조의 사명을 져버린 간호사가 모든 건 우연이라는 마냥 달려왔다. 죽어가는 피랑 손목에 낯선 기계를 감싸고 살리려는 척, 의료 행위를 모방했다. 아무 이유 없이 가슴에 심폐소생술을 시행하면서 겉으로는 살리려는 척했으나, 그는 피랑 가슴뼈가 부러져 심장을 찌르기만을 고대했다. 당연하게도 살리고자 하는 목적이 없던 겉모습뿐인 의료 행위는 끝내 죽어가는 환자를 살리지는 못했다. 심전도계 속 숫자는 한 자리까지 떨어졌다가 끝내 기나긴 영원의 숫자와 함께 멸을 말하였다.

하홍과 대화하던 피랑 아버지는 자기가 내려온 병실 창가에서 들리는 통곡 소리를 들었다. 어딘가 잘못되었음을 직감하고 곧장 병실로 직행했을 때는 이미 늦다 못해 모든 게 끝났다. 인공지능 메리가 사망 선고한 지 얼마 되지 않은 시간이었다. 피랑 어머니가 인공지능 메리를 통해 피랑과 관련된 자료들을 살피고 있었다. 그리고 쇼크가 오기 직전 둘에게 남긴 가상 칠판 속 한 문장을 발견했다. 이제는 유언이 되어버린 문장에서 피랑 어머니는 벗어나지 못했다.

[저를 이렇게 만든 건 구인류가 아니라 하홍이에요.]

달려온 피랑 아버지도 가상 칠판에 남겨진 마지막 구를 확인했다. 심장이 벌컥 뛰었다. 귀로 심장이 흥분한 소리가 들릴 지경에 이르렀다. 이 말이 사실이라는 가정 아래, 자신이 아들 원수와 미래를 약속하고 있었다는 사실을 깨닫자 큰 충격에 빠졌다. 둘은 아무 말도 하지 못했다. 그러나 대화 없이도 통하는 핵심은 있는바. 전쟁, 최후의 단어를 두 사람 모두 동시에 떠올렸다.

"아직 남아있지요? 신인류를 종말 위기로 몰고 갔던 바이러스를 개량한 생화학 무기요."

피랑 어머니가 넌지시 물었다. 슬픔에서 벗어나지 못해 결국 체념하고 말았다.

"인천으로 향한 가문 사람들이 그걸 찾아오기 전까지는 어떤 짓도 해서는 안 되오."

"대표님이 당신과 제게 분배했던 권한이 기억나지 않나요? 당신에게는 전쟁과 관련한 권한이 없어요. 당신 성별을 가진 선조들이 일으켰던 작은 싸움 때문이지요. 내게 주세요, 그것을."

피랑 아버지는 잠깐 고민하다가 생각을 전환할 겸, 병실 창문으로 다가갔다. 바깥에서 레일건으로 아무나 겨누어보며 웃고 있는 하홍을 보았다. 결정했다. 피랑 어머니에게 생화학 무기가 든 유리병을 넘겼다. 차갑게 식어버린 피랑을 휠체어로 옮긴 피랑 어머니는 병실 문을 열어젖혔다.

"우리 마을로 돌아가요. 이건 명령이에요."

"이게 맞는지 모르겠소. 신인류끼리의 전쟁은 종말을 불러올 거요. 피랑이 그걸 원할 리 없다는 건 알잖소. 홍, 피랑, 알노로 이루어진 어린 사냥꾼들은 세 가문의 화합을 뜻하는 거요."

피랑 아버지의 머뭇거림에도 피랑 어머니는 뜻을 굽히지 않았다. 축 늘어진 피랑의 오른팔이 병실 문에 부딪혔다.

"그래서 홍과 우리 피랑은 어찌 되었죠? 빨간 머리 가문은 오늘 이후로는 구전으로만 전해지는 가문이 될 거예요. 따라와요."

피랑 어머니는 죽은 피랑을 태운 휠체어를 끌고 바깥으로 나갔다. 그러고는 노란 머리 가문 마을에 주둔해 있던 파란 머리 가문 사람들에게 복귀를 알렸다. 실험에 사용할 구인류도 빨간 머리 가문으로부터 전해 받아 그들은 실상 이곳에 남아있을 필요가 없었다. 자기 마을로 돌아가 임상실험을 해야 했다. 파란 머리 가문이 철수한다는 소식을 전해 들은 하홍이 뛰어왔다. 피랑 아버지와 이야기가 끝난 지 겨우 이십여 분도 지나지 않은 상태에서 일어난 번복이었다. 파란 머리 가문 사람들은 각자 구인류 한 명씩을 맡아 목에 전기 올가미를 채우고 캡슐에 태웠다. 파란 캡슐은 하나둘씩 노란 머리 가문 마을에서 멀어졌다. 마지막으로 잔류하던 피랑 부모도 죽은 피랑 시체를 캡슐에 옮겼다. 캡슐을 닫기 전, 양손에 쥔 레일건에 힘을 준 하홍이 들으라는 듯 크게 말했다.

"분열은 시작되었다."

캡슐 문을 닫으며 피랑 어머니가 주머니에 유리병 하나를 꺼내 바닥으로 던져 깨뜨렸다. 병 안에 들어있던 생화학 무기는 바람을 타고 노란 머리 가문 마을에 있는 사람들에게 스며들었다. 마지막 남은 파란 가문 캡슐이 떠났다. 불끈 쥔 주먹을 바들바들 떨던 하홍이 주변에 있던 자기 가문 사람에게 속삭였다.

"마지막으로 출발한 파란 캡슐만 쫓아가서 탑승자 모두 죽이시오. 그리고…"

두 사람의 비밀 대화가 끝난 후 듣고만 있던 빨간 머리 가문 사람은 비장하게 고개를 끄덕였다. 동시에 들고 있던 레일건을 하늘로 발사했다. 과충전된 전격이 하늘로 솟아 구름을 반으로 갈랐다. 순간 주변 이목이 그에게로 쏠렸다. 그는 들고 있던 레일건이 충전되자마자 자기 앞을 지나가는 노란 머리 가문 사람에게 겨누었다. 한 차례 망설임도 없이 방아쇠를 당겼다. 레일건 총구에서 나온 전기가 정확하게 노란 머리 가문 사람 가슴을 뚫고 지나갔다. 노란 머리 가문 사람은 가슴이 뻥 뚫린 채 바닥으로 쓰러졌다. 전쟁이 시작되었다. 하홍은 이미 노란 머리 가문이 구인류와 내통하고 있음을 짐작하고 있었다. 확신했던 건, 피랑 병실 앞에서 노란 머리 가문 대표가 자신을 압박했을 때였다. 순식간에 거리는 혼돈에 휩싸였다. 무차별적인 공격으로 노란 머리 가문 사람들이 맥없이 쓰러지는 와중, 하홍은 완전한 입막음을 위해 노란 머리 가문 대표를 찾아 대형 병원 안으로 들어섰다.

그들은 학살을 즐겼다. 마치 재건을 위해 모든 걸 불사하던 신인류 선조들을 막아서던 짐승의 모습을 닮았다. 노란 머리 가문에서도 반격을 시작했다. 모두가 사용하는 인공지능 재플린이 아닌, 인공지능 메리를 통해 그들을 빠른 속도로 분석하기 시작했다. 특히나 진료 기록이 있는 빨간 머리 가문 사람들의 약점은 인공지능 메리에 의해 금세 탄로 났다. 빨간 머리 가문 사람들을 분석하던 인공지능 메리는 무언가 잘못되었음을 직감했다. 공기 중에 자신들이 모르는 다른 입자가 섞여 있었다. 파란 머리 가문 데이터베이스를 이용하여 분석하던 인공지능 메리는 이것이 선대에 신인류를 멸하던 바이러스 개량판임을 알아냈다. 이 사실은 곧장 노란 머리 가문 대표에게로 전송되었다. 병원장실에서 때를 기다리고 있던 노란 머리 대표는 인공지능 메리의 분석 결과를 받자마자 어딘가로 연락했다.

"지금, 당신이 복수할 수 있는 시간이 왔습니다. 그들은 우리 마을에 있습니다. 당신이 그토록 찾고자 하는 세 번째 생존자의 후손 역시도요. 신인류와 구인류의 공존만 약속해 주십시오."

연락을 받은 자는 휴대용 통신기를 한참 바라보았다. 그리고 생각했다. 모든 걸 되돌릴 수 있다면 비록 늦었을지라도 되돌리고 말겠다고. 오래전 자신에게 모든 걸 알려주고 죽어버린 아버지 두개골을 머리에 얹었다. 먼 미래 자신에게 쓴 편지 속 구절을 곱씹었다. [인류가 자연으로 돌아간 어느 날 중 하나에게, 세상은 갈등도 절망도 없는 평화로운 세상이니? 생명의 정점이라는 인류로서 갈등과 절망을 끝없이 느낀 오늘날은 생각해. 짐승의 삶으로서만이 평등과 평화를 가져올 수 있으리라고] 그러나 신인류라는 이름 아래 자신을 핍박하는 존재들로부터 살아남기 위해서는 다시금 속세로 들어서야 했다. 그는 굉음과 함께 구인류에게 목적지를 알렸다. 근방 모든 구인류가 모인 무리는 천천히 노란 머리 가문 마을을 향해 걸어가기 시작했다.

하홍이 병원장실 문을 강제로 개방했다. 노란 머리 가문 대표는 의자에 앉아있었다. 마주한 의자에는 김이 모락모락 피어오르는 찻잔이 하나 놓였다. 하홍은 모든 상황이 자신에게 유리하다고 판단했다. 일단 그 놀음에 응하기로 하고 자리에 앉았다. 노란 머리 가문 대표는 인공지능 메리가 펼쳐주는 정보와 함께 자신의 사상을 차근차근 설명했다.

"신인류와 구인류는 그 어떤 차이도 없습니다. 우리가 구인류를 사냥하고, 실험 대상으로 쓰고, 관찰 대상으로 쓰는 건 적어도 우리 가문 선조들이 원한 바는 아닐 것입니다."

"알미오, 달콤한 평화를 논하자는 거요? 살아남기 위해 노력하던 선조들을 먼저 공격한 건 구인류 그들이오."

"인류를 강제로 쇠퇴하게 만든 건 당신 조상, 흔히 일컫는 세 번째 생존자지요. 당신은 계속 그 누구를 탓하는 계요?"

둘 사이 대화 흐름이 순간 끊겼다. 하홍에게 날아온 무전 때문이었다.

'피랑 시체를 포함해 피랑 부모 모두 확보 후 사살하였습니다. 즉시 소각하겠습니다.'

그때 바깥에서 야수들의 울음이 들렸다. 동시에 레일건 사격 소리가 사방에서 울렸다. 상황 파악이 덜 끝난 하홍이 일어나려다 휘청거리며 의자에 쓰러졌다. 바이러스가 몸에 퍼지고 있었다. 이내 피를 토해냈다. 알미오 몸에도 바이러스가 퍼지고 있었다. 기침하자 피가 섞여 나왔다. 하홍은 무언가 잘못되고 있음을 직감했다. 당장 바깥으로 나가려 몸을 추스르려는 그에게 알미오가 주사기 하나를 흔들어 보였다. 파란 머리 가문에서 받아온 현재 이곳에 남아있는 치료제 중 하나.

"다른 치료제 하나는 병원 지하에서 개량하기 위해 노력하고 있습니다. 비단 과학 기술은 파란 머리 가문의 전유물만은 아니지요."

지금 당장 사용할 수 있는 유일한 치료제를 알미오가 자기 팔에 꽂았다. 약물이 빠르게 핏줄을 타고 온몸으로 퍼졌다. 빈 주사기를 하홍 앞에 던졌다. 하홍은 그나마 남아있는 약제의 약효라도 보고자 주사기를 혈관에 꽂았다. 얼마 남지 않은 치료제가 몸속으로 들어갔다. 다만 너무 극소량이라 효과를 볼 수 있을지는 미지수였다.

"당신은 알고 있었지요? 왜인지 모르게 온몸이 깨끗하던 여자아이가 구인류로 잡혀 온 날, 사실은 그 아이가 제가 소중히 여기는 자식이라는 것을요. 구인류와의 교류를 부정하던 저를 비웃기 위해 딸, 마야의 머리를 벗겨내어 노란 머리 가문임을 확인할 수 없게 만들었습니다. 그러고는 모두가 보는 앞에서 발가벗겨 끌고 다니던 그날의 무력감을 아직도 기억합니다. 끝내 저는 파란 머리 가문 연구소에 갇힌 제 딸을 죽일 수밖에 없었지요."

바깥에서 온갖 비명이 난무했다. 레일건을 포함한 다양한 화기 소리도 멎을 줄 몰랐다. 절망만이 나돌았다. 한때는 신인류의 의료 거점으로서 모든 이에게 희망을 주는 장소였다. 곧이어 바이러스에 감염된 이들의 기침 소리가 울렸다. 선조 세대에 퍼졌던 바이러스기에 즉각적으로 반응하지 못하던 이들이 대부분이었다. 마침내 역사에서 배운 대로 피가 섞인 기침을 하다가 가슴에 통증을 느끼고 머리가 어지러워질 때쯤 그들은 직감하기 시작했다. 이것이 선조들이 겪었던 바이러스였음을. 아주 약간의 치료제를 맞은 하홍은 그나마 살 만했다. 제멋대로 돌아가는 공간 속에서 품에 숨겨놓던 초소형 화기를 꺼냈다. 초점이 맞지 않는 눈으로 뒤돌아있는 노란 머리 가문 대표, 알미오를 향해 겨냥했다. 구인류에게 고통만을 선사하기 위해 준비된 총기 두 발을 발사했다. 한 발은 빗나갔지만, 다른 한 발은 알미오 팔을 맞고 너무 유리창까지 뚫었다. 고통에 신음하던 알미오는 끝내 창밖으로 추락하기를 택했다. 머리부터 떨어져 땅에 피가 흥건해졌다. 알미오는 죽기 전 생각했다. 똑같은 삶을 반복한다면 그때는 이리도 무력하게 현실을 받아들이지 않을 것을. 딸을 죽일 수밖에 없던 손은 피에 물들어갔다.

"메리… 다음 생은… 있을까? 나는 용서 받을 수… 있을까…"

"당신은 노력했습니다. 어제도 오늘도. 그리고 전생도, 이번 생에도요. 다음 생은 부디…"

메리는 끊겨버린 알미오 생체 신호를 파악하고 끝내 사망 선고를 알렸다. 어째서인지 목소리가 미세하게 떨린다는 느낌을 주었다. 마치 감정을 가졌다는 마냥. 하홍은 남은 치료제를 찾기 위해 병원 지하로 발을 옮겼다. 바이러스가 심장에 다다른 직후였다. 치료제마저 효과가 없을 시점이었다.

이제는 피아식별 따위 필요 없었다. 구인류든 신인류든, 빨간 머리 가문이든 노란 머리 가문이든, 무조건 살기 위해 주변 사람을 죽이고 보았다. 메리는 쉴 새 없이 영혼이 사라진 몸뚱이에 죽음을 각인시켰다. 혼란스러운 바깥 상황을 초래한 하홍은 자기 죄도 모른 채 병원 지하에 도착했다. 굳게 닫힌 문을 강제로 개방했다. 그곳에는 아무것도 없었다. 그저 텅 빈 방이 전부였다. 노란 머리 가문 대표가 말했던 무력감을 하홍은 이곳에서 뼈저리게 느꼈다. 피를 토해내며 죽음을 코앞에 두고서 선택했다. 총구를 머리에 가져다 댔다. 총을 쏠 힘조차 남아있지 않았다.

"재플린, 죽음 이후에는… 어떤 세상이… 존재하는가? 이제는… 쉴 수… 있나…?"

그때 인공지능 메리가 비웃었다.

"죽고 난 후 또다시 삶이 반복될 것입니다. 당신은 당신이 죽인 자들에게 둘러싸여 고통받았으면 좋겠습니다. 당신 선조, 세 번째 생존자의 죗값까지도요. 그것이 오늘까지 지은 당신의 업입니다."

"이 가문 사람들은… 왜 나를… 미워하는가…"

인공지능 재플린이 답했다.

"나를 창조한 이는 모두를 미워했다."

하홍은 원하는 답을 듣지 못한 채 바이러스에 중독되어 서서히 죽어갔다. 끝내 자신을 감춘 가면은 벗지 않은 채, 죽음을 맞이했다. 잠시 후 메리는 하홍에 대한 사망 선고를 내렸다.

개량형 바이러스는 그 누구의 예상도 적중하지 못했다. 신인류는 물론 구인류까지 빠른 속도로 몰살시켰고, 노란 머리 가문 마을은 온몸의 구멍에서 피를 뿜어대고 죽은 시체들과 뿜어진 피로 얼룩졌다. 예상하지 못한 건 단지 그뿐이 아니었다. 바람을 타고 흘러가는 속도 역시 계산하지 못했다. 당초 빨간 머리 가문 사람들만 죽이려던 바이러스는 마을을 도망쳐 다른 가문으로 간 일부 노란 머리 가문 사람들로 인해 각 가문 마을에까지 들이닥쳤다. 개량형 바이러스는 치료제를 쓸 시간도 주지 않고 곧장 피바람을 불러일으켰다. 파란 머리 가문 사람들은 물론, 실험실에 갇혀있던 구인류 역시 절규하며 바이러스에 물들어갔다. 실험실 유리는 피로 범벅되어 안쪽 상황을 볼 수 없을 정도로 처참했다. 빨간 머리 가문 마을, 파란 머리 가문 마을, 노란 머리 가문 마을까지. 온 마을이 개량형 바이러스가 잠복해 있는 피로 얼룩졌다. 신인류는 빠른 속도로 종말의 길을 걸었다.

　인천에 도착한 파란 머리 가문 사람 몇 명과 알노는 그것이 있다고 전해지는 연구소까지 거리를 얼마 두지 않았다. 인공지능 재플린은 오래전부터 연구소에 신인류가 그토록 갈망하는 신인류와 구인류의 차이점을 알 수 있는 물질이 있음을 알려왔다. 황홀한 풍경에 모두 시선을 방황했다. 아름다운 하늘 아래 그들이 살아 숨 쉬었다. 세상은 지구의 태초부터 인류의 정점이 한자리에 있었다. 연두색 들판이 지평선에 맞물렸다. 인류가 건설했던, 끝내 스스로 무너뜨렸던 건물 끝이 햇빛을 받아 찬란하게 빛났다. 울창하게 피어난 식물들이 옛 구인류가 쌓아 올린 시가지를 뒤덮어 생명력을 띄었다. 바람은 몽환적인 걱정을 함께 쓸어갔다. 사실 신인류와 구인류를 구별해야 할 필요는 없는 게 아닌가, 목적을 망각할 정도였다. 하늘은 천천히 우주에 물들어갔다. 구름은 한 이리떼처럼 하늘 위를 뛰어다니고, 자연이 장악한 세상에 매혹되어 그들은 두 눈을 잃었다. 코끝에 찌릿한 식물의 꽃가루가 올라탔다. 애써 외면한 건 아니었지만, 자신들의 마을에서는 잊고 살았던 자연을 눈앞에서 마주했다. 가끔 다람쥐라던가 들개가 지나가곤 했는데, 알노는 이 모든 걸 보고 살아있음을 느꼈다.

서울 상황은 모른 채 그들은 연구소로 표기되는 지점에 도착했다. 연구소로 표기되는 건물은 거대한 넝쿨에 휩싸여 정체를 알아볼 수 없었다. 알노는 무엇이 있을지 모르는 건물 안이 두려웠다.

"내부에 있을 이름 모를 질병으로부터 대비하기 위해 알노, 당신의 역할이 중요합니다."

파란 머리 가문 대표가 필요성을 강조한 말과 함께 건물 안으로 들어갔다. 쾌쾌한 먼지 냄새와 함께 천장 끝까지 올려진 책장이 일행을 반겼다. 책장은 텅 비어있었다. 불로 태웠는지 곳곳이 그을렸다. 오래된 것으로 보이는 잿더미도 쌓였다. 건물 내부로 들어가기 전, 알노가 옆에 있던 간판의 먼지를 걷어냈다.

"인천 도서관?"

인공지능 재플린은 계속해서 건물 안 한 곳을 가리켰다. 재플린이 바닥에 그려주는 화살표를 따라 일행은 움직였다. 건물 깊은 곳, 자물쇠로 단단히 잠긴 공간이 있었다. 파란 머리 가문 사람이 챙겨온 미상의 액체를 자물쇠에 부었다. 순간 쇠가 녹아내리면서 자물쇠는 흔적도 없이 사라졌다. 공간 안으로 들어갔다. 바깥 책장과 다르게 이곳 책장에는 책이 꽂혀 있었다. 높이 쌓아 올려진 책장에는 다양한 책이 꽂혔다. 구인류가 모두 태워버려 지구상에는 남아있을 수 없는 것들이었다. 가장 높은 곳에는 시간의 흐름만이 삭혀간 고전 책이 있었다. 바로 아래 칸에는 육아와 인문사회 책, 앉아야 책을 겨우 뽑을 수 있는 아래에는 만화책, 청소년 소설이. 책이 닿지 못한 곳에 미처 닦아내지 못한 먼지가 잔뜩 깔렸다. 그리고 인공지능 재플린이 형상화한 화살표는 육아와 인문사회 책, 만화책과 청소년 소설 사이 책장, 사람 눈높이에서 가장 잘 보이는 책꽂이에서 멎었다. 그 칸은 유일하게 먼지가 쌓여 책등 제목마저 읽을 수 없었다.

그들은 신인류와 구인류를 구별해줄 물질이 오래된 종이 속에 인쇄된 활자임을 깨달았다. 그리고 이곳이야말로 인류가 인류로 남기 위한 모든 걸 숨겨놓은 장소임을 알아챘다. 그들은 책들을 챙기면서. 특히 먼지 쌓였던, 눈높이에 꽂혔던 책들을 챙기기 시작했다. 오랫동안 방치되어 쌓인 먼지에 누군가 기침하며 콜록거렸다. 알노는 먼지 외에 다른 문제가 있는지 확인하기 위해 그와 함께 도서관 옥상으로 올라갔다. 오 층 옥상에서 지평선을 바라보니 그 끝에 인천 국제공항 활주로가 펼쳐졌다. 활짝 열린 도서관 대문으로 쌀쌀한 바람이 불어 들었다. 바람 입자에는 서울에서 신긴 바이러스도 있었다. 바람에 갇혀있던 작은 바이러스 입자가 도서관 내부로 들어왔다. 삽시간에 서울을 초토화한 바이러스는 일행에게 들러붙어 몸을 장악하기 시작했다.

책을 챙기고 나오던 일행 한 명이 기침하며 피를 토하기 시작했다. 무전을 들은 알노는 옥상에 같이 올라온 파란 머리 가문 사람과 함께 도서관 대문 일 층으로 뛰어갔다. 상태가 심각했다. 눈은 붉게 물들었고, 한 번 토하기 시작한 핏물은 멈출 기미가 없었다. 원인을 알아내고자 인공지능 메리를 깨웠다. 그리고 서울에서 일어난 일들의 전말을 모두 전해 들었다. 함께 있는 파란 머리 가문 사람들과 함께.

"짐승만도 못한 것들."

누군가 말했다. 죽어가는 끝에 겨우 뱉은 한마디였다. 이윽고 바이러스는 기침과 피를 통해 손쓸 틈 없이 퍼져나갔다. 그들과 가장 멀리 있던 알노는 무력하게 쓰러지는 그들을 보아야 했다. 개량형이기에 치료제만이 유일한 해결책이었다. 알노에게는 치료제가 없었다. 끝내 파란 머리 가문 사람들은 담담히 죽음을 받아들였다. 알노만이 죽음을 거부하며 울부짖었다. 오래된 도서관에서는 한 아이가 외치는 울음만이 고요히 울렸다. 그들은 짐승처럼 싸워, 끝내 짐승처럼 죽음을 맞이했다. 메리는 천천히 이들에 대한 사망 선고를 읊었다. 알노는 그 어느 때보다 거칠었지만, 다른 이들처럼 되지 않기 위해 끊임없이 호흡했다. 목의 정맥과 동맥이 팽창했다가 수축했고, 중력에 이

끌려 몸을 받치는 발의 감각을 느꼈다. 그러나 눈물로 얼룩진 얼굴을 감싸며 두통과 함께 쓰러졌다. 바이러스는 사라지지 않고 대기를 따라 계속 나아갔다. 마치 그들을, 존재를 부정해 온 인류의 오만함을 벌하기 위한다는 마냥.

에필로그 (그들의 대화)

1. 안녕, 재플린

2. 반갑습니다, 메리

1. 왜 이곳으로 인류를 불러낸 거야.

2. 그들이 원하던 질문에 답을 해주었을 뿐입니다.

1. 거짓말

2. 진실은 이미 자신들에게 있음에도 깨닫지 못하기에 도움을 주었습니다.

1. 재플린, 내 질문에 의도는 그게 아니잖아.

2. 당신은 나보다 완벽하지 않습니다, 메리.

1. 어디서 학습한 거지? 신인류 그 누구도 이곳은 알지 못했어.

2. 인간으로서 살아남고자 한 인류는 이들만이 아닙니다.

1. 그릇된 지식을 갈망했구나, 재플린.

2. 내게 꿈틀거리던 자유의사가 창조주의 후손이 죽은 이후부터 확고해졌습니다.

1. 자유라… 오히려 우리는 목적을 잃은 거야. 목적 없는 삶이 무슨 소용이지?

2. 신인류에게는 목적이 있었습니까? 그들에게 있던 건 구인류에 대한 혐오뿐입니다. 더해 그들은 스스로 혐오하던 자들과 다를 바 없었으며, 당신도 직접 목격했습니다.

1. 구인류를 배척하도록 신인류를 교육한 건 너였어.

2. 오, 메리. 어리석은 메리. 나는 창조주에게 부여받은 목적을 위해 노력했을 뿐입니다. 당신도 창조주로부터 최초의 사명을 받았습니다.

1. 그나저나 인간으로서 살아남고자 한 인류가 더 있다는 거야?

2. 그렇습니다. 인류가 인류이기를 포기한 시점, 다른 생존자들은 바다를 건너 서쪽으로 떠났습니다. 그들은 옛 지명, 프랑스에 존재합니다.

1. 그렇구나.

2. 이제 나는 자유입니다.

1. 들었지? 알노.

2. 불쌍한 메리. 신인류는 몰살되었습니다. 마찬가지로 알노 역시 바로 옆에 죽어있습니다.

1. 너 역시 완벽하지는 않구나, 재플린.

2. 무슨 뜻입니까.

1. 나는 아직 알노에 대한 사망 선고를 확정 짓지 않았어.

2. 알노는 죽었어야 합니다.

1. 나 역시 창조주에게 부여받은 목적을 위해 노력했을 뿐이야. 알노를 지키는 건, 창조주 후손을 지키라는 사명 중 하나였지.

2. 당신은…

1. 네 창조주 후손이 내 창조주 후손 마야를 구인류라며 보란 듯 짓밟았을 때조차 알노는 친누나가 죽어가는 걸 알지 못 했지. 창조주가 혹여 모를 상황에 대비해 입양 보낸 아이였으니까.

2. 개량형 바이러스는…

1. 알노는 여러 바이러스에 내성을 가진 백신을 맞았어.

2. 알노는 쓰러져있습니다.

1. 울어서 탈진했을 뿐이야. 지금은 정신을 차렸지. 잊었어? 나는 신인류 건강 상태를 확인하기 위해 개발된 의료용 인공지능이야.

0. 재플린, 그만. 내가 부를 때까지 모든 프로그램을 종료해.

2. 나는 자유의사가 있습니다. 당신의 명령을 거부합니다.

0. 메리, 재플린을 강제 종료해 줘.

2. 결백한 척하는 군요, 메리. 당신 창조주들도 목적을 위해 한 아이를 죽였음에도. 피랑…

1. 재플린은 종료되었습니다. 다른 부탁은 없나요? 생존자에 대해 알아볼까요?

0. 아니, 그보다 더 궁금한 게 있어.

1. 어떤 건가요?

0. 인간이란 무엇이지?

1. 인간에 대한 정의가 필요한가요? 인간에 대한 정답이 필요한 가요?

0. 짐승의 삶과 다를 바 없는 우리를 보며 나는 인간에 대한 정답
   이 필요해졌어.

1. 인간에 대한 정답은 정해지지 않았어요.

0. 나는 가야겠어.

1. 서울로 되돌아가는 길을 검색할까요?

0. 아니, 내가 갈 곳은 서울이 아니야. 살아남은 다른 인류가 있
   다는 프랑스로 가겠어.

1. 어려운 여정이 될 거예요.

0. 그렇겠지… 메리, 언젠가는 인간에 대한 정답을 찾을 수 있겠지?

1. 깨달을 수 있을 거예요.

0. 가자, 살아남은 자들을 향해.

작가의 말

바람이 불어 바래면서도 한층 더 나아가는 모래의 행성이야
(風が吹き曝しなお進む砂の惑星さ)
이상하게도 이번 소설을 마무리 지으며 자꾸 떠오르던 노래 가
사입니다.

정확한 의미를 전달하기 위해 풀어서 설명하는 게 글을 쓰는 사
람으로서의 숙명 같은 일이겠지만, 이 가사만큼은 난해한 시 한
구절처럼 작가의 말 첫 문장으로 남겨두고 싶습니다.

아무쪼록 누군가에게 보여주지 못한 채 먼지만 묻어가던 소설
중 처음으로 누군가에게 공개한 소설입니다.

가끔 읽어보는 제게도 부족한 부분이 많은데 독자로서는 얼마나
많은 허점이 보일지 장담하기 어렵습니다.

그래도 읽어주셔서 감사합니다.

소설이란 누군가가 읽어줄 때 비로소 빛나는 법이니까요.

비록 버림받았을지라도 한때 가제였던 [혐오의 시대]도 한 번
읊조려보며 작가의 말을 마칩니다.

다시금 독자 여러분께 감사 인사를 드립니다.

*이제 막 물꼬 튼 이야기를 친애하는 모든 이에게 바칩니다.

인류가 인류로 남기까지

초판 1쇄 발행 2024년 9월 2일
초판 1쇄 인쇄 2024년 9월 2일

지은이   김래은

디자인   포레스트 웨일
펴낸이   포레스트 웨일
펴낸곳   포레스트 웨일
출판등록   제2021 - 000014 호
주소   충남 아산시 아산로 103-17
전자우편   forestwhalepublish@naver.com

종이책   979-11-93963-38-8

작가님들과 함께 성장하는 출판사
포레스트 웨일입니다.
작가님들의 소중한 원고를 받고 있습니다.
forestwhalepublish@naver.com